新 潮 文 庫

熱血ポンちゃん膝栗毛

山 田 詠 美 著

新 潮 社 版

8696

熱血ポンちゃん膝栗毛

目次

挿画　Terry & Billy for T-Back Agency
a division of Flamingo Studio, Inc.

熱血ポンちゃん膝栗毛

ひと夏の弥次喜多さんたち

　さて、題名も変わり心機一転の熱血ポンちゃんだ。このたびは、十返舎一九《じっぺんしゃいっく》さまの威を借り、ここのところ、もっぱら中央線膝栗毛《ひざくりげ》だった私も、少し遠出をしてみよう。しかしなあ、今、この瞬間、十返舎一九という人の名を思い出しているのって、世界で私だけなんじゃないだろうか。まあ、この原稿を苛々《いらいら》しながら待っている担当編集者も、ちらりと思い出しているかもしれないが。読者諸君は、これからも、私と共に、弥次さん喜多さんよろしく、日々の旅におつき合いいただきたい。今、大辞林を引いてみたら、「東海道中膝栗毛」は二十年も続いたそうな。「熱ポン」も二十周年記念は近い。思えば、遠くへ来たもんです。あ、私、まだ二十六だけど……って、新シリーズになっても、言ってる。ま、いっか。「ベッドタイムアイズ」書いたのって、実は、小学生の時だったんですよ、私。などと言いつつ、近頃、コンビニで、「実話時代」と「アサヒ芸能」と「日刊ゲンダイ」を迷わず籠《かご》に入れてしまう私。何かが終わってしまっているような気がしてならない。ギャル系（死語か？）雑誌も一緒に買っているので、レジの人が困惑するのが解る。コンビニのレジでは、客の推定年齢も一緒に打ち込むらしい。一度見てみたいなー。自分の見た目年齢が時と場合によってどう違うのか知りたいものだ。若く見えても、ばあさんに見えてもいい。ああ、なるほど、と、へえ、嘘だろ、の他人の目と自分のイメージのギャップは、とってもおもしろそうだ。

それにしても、「実話時代」ってすごい雑誌だ。最初はゴシップ誌なのかと手に取ってみたのだが、実は、仁俠系硬派雑誌だったんですね。組の襲名式のルポなんかあったりして。今、遅ればせながら、他の雑誌で復刻されている池上遼一の『サンクチュアリ』にはまっているので、ふむふむという感じでお勉強している。今月、出ている巻では、ヤクザの総長が選挙に立候補するという暴挙に出ているが、いったい、どうなっちゃうのか。ルーエ（吉祥寺サンロードにある漫画の充実した本屋さん）で、文庫本全巻買いたい欲望に駆られることもしばしばだが、続きを心待ちにするのも漫画の楽しみ。次号がコンビニに並ぶのを待つことにしよう。

ところで猛暑だった夏、皆さん、いかがお過ごしでしたか。オリンピックに釘付け？　そうでしょう、そうでしょう。私の周囲でも、ＴＶの前にいなかったのは私だけ。何故ならTVがないから。新聞読んで結果を知ってもまったく臨場感はなく、したがって興味も持てず、非国民と呼ばれたこともある私。非国民なんて言葉が若者の口から自然に出てしまうのだから、やはり、オリンピックというのは、国と国との戦いなんだなあ、と実感する。そして、私は、国と国の戦いが大嫌いですの。と、依怙《いこ》地《じ》になっていると、話題に付いて行けなくなるので、最後の二日間だけ昭島に帰って友人宅で観てみた。すると、ドーピングの話題でもちきりであった。ものすごくテンションの高い元スポーツ選手が叫んでいた。

「絶対にアンチドーピングには反対です!! アンチドーピングはあってはならないことです!!」

……。この人、結局、ドーピングに賛成してるんじゃん。周囲のフォローは何もなかったみたいだけど……、誰かがアンチの意味を教えてやらなきゃいけないんじゃないのか。そう思いながら、気が付いた。私は、オリンピックが嫌いなのではなく、こういう輩《やから》による狂騒曲めいたものが嫌いなんだって。競技の最中のアスリートはあんなにもプロなのに、周囲の素人ぶりがやなんだなー。感動をありがとうなんて言葉は、吐きそうなくらい嫌いだし。いつから感動って言葉はこんなに安くなっちゃったのかなあ。同じ安くても、安いなりにシンプルで良い言葉が沢山あるのに。

そう言えば、アスリートで唐突に思い出したが、水虫のことを英語でアスリーツフットと言う。まさかアスリートが全員水虫の筈《はず》はないだろうが、そう言う。たぶん、裸足《はだし》で歩くロッカールームで伝染《うつ》るからなのだろうと推測しているのだが、私の友人で毎年夏になるとこの病に果敢に戦いを挑んでいる奴がいる。病院に行き、薬局ではさまざまな薬を買い求め、指先だけのソックスを履き（このソックスがなんともおまぬけで可愛《かわい》い）、お風呂に入れれば薬用石鹸で丁寧に洗い、仕事以外では、いつも風通しの良いサンダル履き。それなのに！　完治せず、夏になると旧《もと》の木阿弥《もくあみ》状態となり、ひたすら痒《かゆ》がっている。彼は、私の家に来ても薬を塗ったりする。そして、そのまま素足《すあし》で歩き回るので、こちらにも伝染りゃしないかと不安である。あー薬塗っときゃ大丈夫、とか言ってるけど、大丈夫じゃないあんたの例を見てるから心配なんじゃないか。友情は水虫を乗り越えられるのか、というのは近頃の私の命題である。スリッパを履いたらどうかという意見もあるが、私は、スリッパ程嫌いなものはないんだよねー。不特定多数の人が足を入れるスリッパという代物、あれって日本でしかお目にかからないが、誰も疑問に思わないのは不思議議である。よそのお宅を訪ねると、当然のように玄関先で出される。仕方なしに履くのだが、おいとまする時の私は、いつのまにか裸足。テーブルの下あたりに置き忘れて来るのである。スリッパって、必ず履くのが礼儀なの？　客に出すのが当然のもてなしなの？　ちなみに私の家では、トイレにもない。この家って、スリッパないんだねーと、さも不思議そうに言われたことがあるけど、あって当然のものなの？　特に私が我慢ならないのは、温泉に行った時の旅館のスリッパだ。お風呂上がりの湿った足を誰かの履いたそれに突っ込む時の恐怖。裸足の方が、ずっとましだ。私は裸足が好き。ハワイに家借りて住んでいた時は、サーファーの真似してアスファルトの道も裸足で歩いてた。スリッパなしは不作法なのか。高級料亭には置いてないみたいだけど、あそこまで磨いてあれば良いってことなんだろう。スリッパ問題は、いつも私を悩ませているのである。アメリカの実家では、各自ハウスシューズというのを持っていて、くつろぐ時に履き替える。義父母の履いているのは、ふさふさの毛玉のようなもので、熊やうさぎが付いている。エイミーにも次に来る時までには用意しておいてあげるね、と言っていたが……いいですから。私、ずっと靴で過ごしますから。

さて、去年に続いて姪《めい》のかなとまたもや和歌山に行って来た。今年は、中上健次さんの十三回忌。私は法事にも熊野大学にも出席しないという不義理な奴のまま、紀伊勝浦で渡部直己さんやいとうせいこうくん、奥泉光、島田雅彦夫妻らと心の中で中上さんに手を合わせながら磯遊び……の筈だったのだが、なんと、着いたその日に台風に直撃された。う、この間、奥塩原の温泉に行った時も台風、その前に修善寺に行った時も台風。私って、文字通り嵐を呼ぶ女？　結局、その日は丸一日、ＴＶで天気予報を見ながら酒盛りということになった。渡部さんやいとうくんは、嵐の中、それでもヤスを持って海にもぐってたけど、やはり収穫はなく、皆、動揺していた。私たちの宿泊先は、外に何もない。磯遊びが出来なければ、熊野大学水産文芸部（Ⓒ浅田彰氏、私と島田くんはゲスト）の存在価値はなくなってしまうのだ。渡部さんなんて、この日のために一年をやり過ごしているという噂だってある。ものすごい執念で天気予報の画面を追っていた。そして、翌日も悪天候になりそうなのが確実視されると、気の毒なくらいにがっかりしていた。それなのに……追い打ちをかけるように私と来たら……。翌日、かなに叱られた。

「エイミー、昨夜、座布団の上に立ち上がろうとしてすべって転んだの覚えてる？　渡部さんが手を差しのべて助け起そうとしたら、振り払って、渡部さんに助けられる筋合いなんてなーい、とか言ってんの。うち、座卓の上をざっと片付けようとしたら、いいからって言ってくれたんで、御迷惑をおかけしましたって、エイミー連れて、そのまま部屋に帰ったんだよ。ほんと、ひどい伯母。渡部さん、台風で、ただでさえ落ち込んでるのに、あんな失礼な態度取って……（延々と続く）」

面目ない。言われて思い出した。気持良く酔って熟睡してすっきり目覚めたと思っていたのだが。私って、いつも酔っ払って、かなに面倒見てもらっている。不肖の伯母。でも、姪に生まれた不運だと思って、これからもよろしく頼むわ。自己反省も回数を重ね過ぎると、自己肯定に変換されるという能天気な生き方を、あなたも学んでしまうがいいわ。

結局、翌日の午後からは雨も上がり、ほっと胸を撫《な》で降したのだが、海は濁り、収穫はほとんどなかった。それでも数少ないとこぶしを焼いたり、ガーリックトーストを作ったりして空腹は満たされたのである。島田くんが木の枝に塗り付けて焼いた味噌なんか、美味なる酒のアテになったことである。私がホイルにくるんで焼いたポテトは炭になっていたが。でも、臨機応変がアウトドアの醍醐《だいご》味よね。昨年のように捕れたての蛸《たこ》や皮はぎは食べられなかったけど、焚火《たきび》で焼いたオリーブオイルたっぷりのガーリックトーストだけで大満足。もしも、来年も来るようなことがあったら、枝にマシュマロを刺して焼いて、子供たちに振舞おう。昔、ボーイスカウトにいた夫に言わせると、マシュマロのないキャンプファイアーなんて意味がないそうだ。あれを焼きながら語り合うのは少年たちの掟なんだそうな。そういや、マシュマロって日本では、あまり人気ないよね。アメリカのスーパーに行くとものすごく大きな袋に詰めて売っている。そのままで食べるより、ココアに入れたり、お菓子を作ったりする。アメリカ人と結婚した女友達は、煮溶かしたマシュマロにコーンフレークをどっさり入れ、バットに流して冷蔵庫で冷やし固めたお菓子を良く作る。冷たいやつを四角く切り分けていただくのだが、子供達の大好物だ。甘い物の苦手な私は、彼らから、ほんの少しお裾分《すそわ》けをしてもらう。何とも郷愁に包まれた味が舌の上で溶けて行く。大人になって酒飲みと化した今では、極上の美味とまでは行かないが。

熊野大学水産文芸部に別れを告げた私とかなは、一路、白浜へと向かう。高台にある古式ゆかしい温泉旅館でのんびりするのだ。翌日は海水浴もする。海の家で焼きそばも食す。充実してるなあ、などと悦に入っていたのだが……。台風の過ぎ去ったシーズン中の週末。芋《いも》の子を洗うとはこういうことか、と改めて思う程の混みよう。おまけに、地元のラジオ局の放送が浜中に響き渡っている。この下世話な雰囲気がたまらない、筈はなく、騒音から逃げ出すべく、さっさと旅館に引き上げた私たちであった。日本て、余計な騒音多いよなあ。うんざり。こういう時だけ、私は中島義道状態になり怒りまくるのである。本当に皆、海辺でマツケンサンバなんて聞きたいんだろうか。紀伊勝浦のひなびた海を独占出来た日々がつくづく恋しかった。まあ、これも経験さ、と姪になだめられてしまう私。いつのまにか、彼女は、ぐんぐん大人になって行く。二十六歳の私を追い越す日も間近であろう。(しつこくてすいません)アデュー白浜。さらば白浜。溺れる者は近藤真彦をもつかむ場所、白浜。(前日マッチが人助けをしたというニュースやってた)ローソンのからあげくんの横に豚バラ串が並ぶ街、白浜。(うまかった)ヤンキーもパンダも棲息する楽園、白浜。さらばじゃ。今度は、シーズンオフに来ることにするわ。

東京に戻った私を待ち受けていたのは、二日連続の朗読会イベントである。恒例の奥泉光、ベース奏者の吉野弘志さんとのライブ イン Konitz(毎度ここに記しても、ちっとも功を奏さない暇なジャズバー)だ。なんと一日目のゲストは、あの町田康くん。彼は、プロのパフォーマーだから、やはり華がある。全員一緒に音に重ねて読んだ時なんか、本当におもしろかった。人の声って不思議だ。ざわめきが音楽に変わる瞬間って確かにある。ニューヨークで、アフリカ系の子たちと車に乗って遊びに行く時なんか、誰ともなくラップを始めて、車内で大合唱みたいになることがある。昨日、くず男と喧嘩したとか、朝、シリアルのボウル落っことして床じゅう牛乳だらけになったとか、そんな他愛《たわい》もないことをラップしてるだけなのだが、街のノイズとあいまって、なんともゴージャスな作品になる。そして、それは一過性で消えてしまうから余計に素晴しい。プリパレイションH(痔の薬)の詩なんて代物が出来上がった時なんて大爆笑だった。そう言えば、昔、キャリン・ホワイト（「ロマンティック」という曲を大ヒットさせて消えた可愛い子ちゃん歌手）のインタビューを読んでいたら、私の美容のトップシークレットを教えてあげる、それは、プリパレイションHを目元に塗ることなの、なんて言ってたけど、ほんとなのか!? 痔と小皺《こじわ》の手当ては同じことなのか!? 確かに部分的皺という意味では似ているのかもしれないが……って、ああ!! 新シリーズだというのに、またもや話が下半身方向に!? でも気になる。誰か試して、報告してはくれないだろうか。もしかしたら、私の嫌いなビューティってやつの世界を揺がす程の発見かもしれない。世にも強力な美容液が出現する訳である。う……そうだろうか。

それは、ともかく、朗読会終了後、解放感とやけくそが噴出した私たちは、カラオケで朝まではじけていた。町田くんたらパンクなのに、講談社サトーのスピッツなんか延々と聞かされちゃってさ。「ボヘミアン・ラプソディ」をとうとうと歌っていた人もいたわね。Konitzの店主は、奥泉に安全地帯の二番を持って行かれたことを今でも恨みに思っているらしいわ。気が付いたら、私のスケッチャーズのスニーカーがウィスキーまみれになってたんですけど……あれ、ボーイフレンドからの大切なプレゼントなんですけど……町田くん、パンクの本領発揮で、マイク投げつけてなかったかしら……ようやく気がすんで店の外に出た時、空が白々と明けて来ていたような気がするんですけど……で、目覚めて思った。ひゃー、今日も朗読会じゃん。その日のゲストは、ジャズドラマーの小山彰太さん。無理を言って、パーカッションとブルースハープをやってもらうのだ。どうして、私たちって、いつも歯止めを掛けることが出来ないんだろう。のりすぎの人生は続く。大人なのに。二日目も大成功だったので安心したけれども。大人なのに……という顰蹙《ひんしゅく》を携えて進まんとする膝栗毛。あんたたちのせいよ！　と責任転嫁も忘れない。ポンちゃんにとって顰蹙とは、loving flirtation with Bling Bling company. マッチに作詞した過去ありの私。（溺れる者）

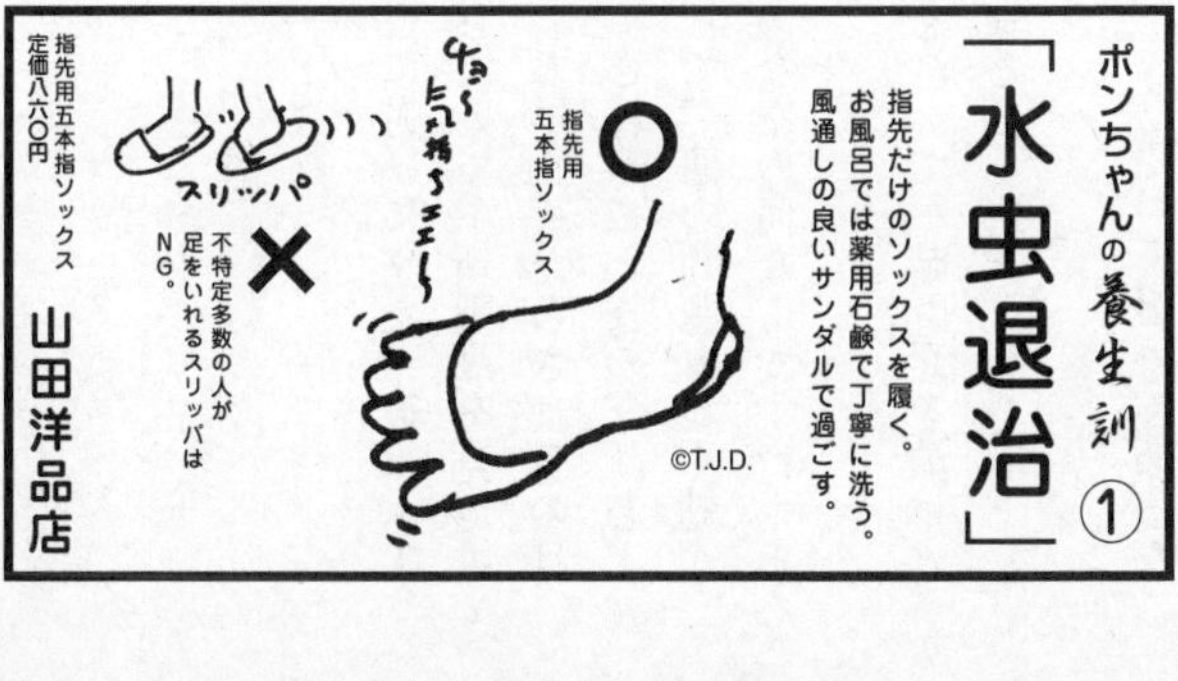
ポンちゃんの養生訓①
「水虫退治」

指先だけのソックスを履く。

お風呂では薬用石鹸で丁寧に洗う。

風通しの良いサンダルで過ごす。
○
指先用五本指ソックス
©T.J.D.
×
不特定多数の人が足をいれるスリッパはNG。
スリッパ
指先用五本指ソックス
定価八六〇円
山田洋品店

食いしん坊道みーっけ！

友人が、私の家の前にあるドラッグストアに寄ったついでに遊びに来た。彼は、そのドラッグストアを徘徊《はいかい》するのを、ほとんど趣味のようにしていて、新製品を見つけるたびに嬉々として購入し、私に見せてくれる。新情報がいち早くもたらされるのはありがたいことなのだが……問題は、いつも、私が実験台にされることなのだ。あー、おまえに最初に使わせてやるからありがたいと思ってくれ。で、何の問題もなく効くようだったら、おれも使うし……って、私は、いったい、あなたの何なんです!? とぶつくさ言いながらも今回使ったのは「木酢液《もくさく》」。

「ほれ、この説明書見てみ。付いてるビニールの靴下に液を注いで一時間足を漬けとくとどんな角質も五日後にぽろりと取れて赤ちゃんの足になるらしい」

「有り得ない」

「いや、有りだって。ほら、こんなにでかく『これはびっくり』って書いてあるだろ？　作ってる方も、びっくりしたんだもん、効かない訳ねぇよ。絶対に効くからやってみ。エイミーの足が、ばばあから赤んぼになったらもう恐いものはない！　断言する！」

……断言されても。おまけに恐いもんて何？

「まあ、試してやってもいいんだけど、私の足で成功したら、自分もやる訳ね」

「うん！　ぺろりんと角質が取れるんなら、おれの水虫ごと外れるって寸法だ」

そう、この友人は、先月号に登場した完治しない水虫を抱えて試行錯誤しているあの人物である。

「そんなに上手《うま》く行くのかなあ」

「大丈夫、行くって。こないだスポーツ新聞にも出てたもん。これで、おれの水虫が治れば安いもんだって」

その「安いもん」が何にかかるのかは不明だが、夏の間のサンダル履きで足の皮膚が固くなっちゃったのも確か。ようし、ひと肌脱いでやるかい！

で、試してみました。お酢の強烈な匂《にお》いに耐えて一時間。そして洗い流して五日間。あのー、ひと欠片《かけら》の角質も取れなかったんですけどお……。おまけに洗っても洗っても私の足は、お酢臭いまま。様子を見に来たその友人は近付くなり鼻をつまんで私を追い払いました。

「くせっ、おまえ、すっぱい匂いする！　あっち行け、しっしっ」

ひどい。あんたが私の足を臭くしたんじゃないか。それにしても、この液で、角質ぱっくり取れて、びっくりした人って本当にいるんでしょうか。いたら教えて下さい。

しょんぼりとすっぱい空気を引きずる毎日を送っていたら、またその友人がやって来た。興奮している。

「大変だ！　衝撃の事実判明!!　今日、水虫の薬もらいに皮膚科に行って、そこの先生に話したら、あんなの駄目でしょって笑ってたぞ！　おまえに言っとけって、医学的に何も証明されてないって。あー、おれ、おまえで試しといてよかったーっ」

あのねえ。私は、軽石で踵《かかと》をこすりながら、この男との友人関係を解消するべきか否かを考えている最中である。そうしながらも、木酢液より、私の皮に問題があるのではないかと、この期に及んで再度挑戦してみようかと思ってしまう気弱さ。成功したあかつきには、あいつとあいつの面の皮にぶちまけてやろうと、何人かの特定人物の顔を思い浮かべて溜飲を下げている。(徒労だが) ここまで書いて来て、私は、今、すっかり「酢」という漢字が気に入ってしまっている。で、あえて、おやじみたいな変換ミスを考えてみた。ビリー・ジョエルの名曲「酢顔のままで」とか、村上春樹の傑作「酢プートニクの恋人」とか、女優さんのよく使う「酢の自分」とか、酢泊まり千円（どこ？）とか。うーん、食べ物以外の酢って、駄目駄目じゃん。酢足なんてもっての外だ。私も、とうとう食えない女になってしまったか。こんな当て字ごっこしてる間に、さっさと仕事しろって感じですね。

当て字で思い出したが、この間、友人と田舎をドライヴしていたら、恐るべき店名のスナックを見つけた。その名も、

「樹庭夢」

……じゅていむ……ジュ・テーム……フ、フレンチ!?　把握するのにしばらくの時間を要したことである。うおーっと叫ぶ私たち。どんな地方の繁華街にもひとつは存在するであろう「多恋人（タレント）」、「来夢来人（ライムライト）」、「恩恋路（オレンジ、らしい）」は、既に市民権を得ているが、（私は与えちゃいないけどね）「樹庭夢」までもが新規参入していたとは。ああ、言葉の使用法とは何と多岐にわたっていることか。世の中には色々な人がいるんだなあ、あまりにも相容れない言葉のセンスってあるんだなあ、とつくづく感じてしまうのである。でも、まあいいの。これらは、ヤンキーの特攻服同様、一種の様式美をかもし出しているからね。私とは接点ないから、勝手にやって下さいって感じ。

どうなんです!?　と思うのは、長ーい外国語のフレーズを店名にしている都心のレストランだ。フランス語やイタリア語を知らなかったら、まったく意味不明の単語の並ぶレストランたち。外国料理のレストランにその国の言葉でこれ程長い店名を付けている国を、私は、日本しか知らない。こういうのを洗練と呼ぶのって、なーんか違うんじゃなーい？　せめて「ソウル・ミュージック・ラバーズ・オンリー」くらい簡単な外国語でいいんじゃなーい？　まあ、ソウル・ミュージックってのは、既に日本語だが。（しかも良い具合に死んでる日本語。私は愛し続けるわよ！）

どうも私は意識された洗練というものが苦手なようだ。センスいいだろ、と自慢気にしているものや人を見ると、ださいなーとか思っちゃう。お金かかってますよー、とこれ見よがしなのも、野暮ったいなーとか感じちゃう。そこのところ、自分でも屈折してる、とおかしくなって来る。

パリにファッションピープルが集う有名なホテルがあるのだが、そこの中庭のレストランに座って人々をながめる時、なんかこの空間、味ないよなーとつまらなくなる。パリ在住のゲイの親友も同じことを言うので、私たちは、いつものカフェに移動して、ちょっとよれよれになった魅力的な人々のたたずまいを堪能するのである。ある種の人々がイメージするゴージャスなものと、私自身のそれとは違うんだなあ、とつくづく思う。

エイミーは汚れ専！ とは、ゲイの友人がよく言うことだが、ほんと、そう。私は、ちょっぴり古びて汚れたものが好き。ピカピカのものに反感を持つひねくれ者。昔、買ったばかりのエルメスのスカーフは、一晩水に浸けておいて、くしゃくしゃにして使ってた。それって、かえって嫌味なんじゃない？ と女友達に言われた。いや、これは嫌味じゃなくて、好みなの！ ちょっと敗北感漂ってるもんに心魅《ひ》かれてしまうのである。だから、今、旬の俳優さんとかスポーツ選手にも興味なし。旬のものは食べ物だけでよろしい。松茸の土瓶蒸し、もう四回も食べちゃったよ。

この間、何をいまさらと言われちゃいそうだけど、超遅ればせながら、映画「タイタニック」を見た。観客を感動の嵐に巻き込む素晴しい作品とか言ってたよね……って、誰？ そんなこと言ってたのは!! 期待なんてしちゃいなかったけど、まさか、あそこまで貧乏臭い映画だったとは……。どうして、あんなにもブームになったの？ 何故《なぜ》？ ホワーイ？ 登場人物の誰もが最低じゃないか。（キャシー・ベイツだけ許す）深みも何もないというか。あのレオナルド・ディカプリオのどこがいいの？ 私の友人は、公開当時、あの映画を三回も見に行き、レオ様命になっていた。飼っているチワワの名もレオである。そして、会うたびにいかにレオ様が素敵かを情熱的に語っていたのだが、何故!?　もっとも、彼女は、後に、ベッカム様命になり、今は、当然のごとくヨン様命になったという様系男子フリークなのであるが。旬の男って、ことごとくつまんないよなーとか言っている私を、彼女は、いつも不思議そうに見ている。素直じゃないなーと思っているかもしれない。でも、興味を持てないものは仕方がない。大人になって良かったと思うのは、自分の好みに合わないものを合わないと堂々と言える時である。子供の頃は、仲間外れにされると生きにくくなるので、黙ってた。花形満よりも、はるかに左門豊作の方が性的ではないかなどとは、口がさけても言えなかったのである。（ちなみに星飛雄馬は問題外。貧乏というより、ビンボ臭いから。それに、お膳引っくり返して食べ物を粗末にする親のいる家嫌いだから）

あ、ビンボ臭いで思い出したが、気にかかっていることがある。私よりも十やそこら上の世代の男たちの髪の毛のことである。何故、その世代に属するある種の男の人（自由業多し）たちは、往生際の悪いヘアスタイルをしているのだろう。首のあたりを隠した昔の松田聖子みたいなちょいとサイドに巻き入っちゃったみたいな髪形。最近、ちょくちょく遭遇するのだが、ビンボ臭いなあ、と思う。昔、理由なき反抗してたおれ様時代の名残り？　飲み屋で居眠りしている間に、潔く坊主頭にされてしまった船戸与一先生を見習って欲しいものだ。（相変わらず、多機能の変なチョッキ着て

るけど）
　貧乏は甘んじて引き受けよう。貧乏臭い事柄は、極力排除して行こう。私のこの信条については、あちこちで言ったり書いたりしているが、汚れ専の私の価値観は、なかなか他者に理解されないのである。たとえば、私は、合コンなんていう集りをとてつもなく貧乏臭いと思うが、私の友人の中には、無駄足だったと文句を言いながらも、次に備える人がいる。この場合、価値観は違っても、それを揶揄《やゆ》出来る間柄であるので、友人関係を解消するには至らない。問題は言えない場合である。私は、子供の写真付きの年賀状を忌み嫌うものであるが、何だよーこれ、いいじゃん、可愛《かわい》いんだからさー、我慢して見てくれろ、などとやり取りの出来る人物からであれば別に何とも思わない。しかしね。ある年の始め、年賀状に目を通していたら、某編集者からのものがあった。その人とは、個人的につき合いもないし、仕事をしたこともない。そこには、生まれたばかりの彼の子供の写真が印刷されていて、漫画の吹き出しと同じようにその子の台詞《せりふ》が入っていた。そこだけ手書き。
「パパもいっしょけんめいお仕事がんばってまちゅ。ぼくのためにもパパをよろちくね♡」
　だとよ。うおーっ!!　ビンボくせー!!　と、思わず叫んでしまったことである。この葉書見て微笑《ほほえ》ましく思う人っているんだろうか？　いるんでしょうね。でもねえ、きみ、きみ、これって、まったくもって、WRONG PERSONに当てているよ。あんたんとこの可愛い赤んぼが何を言ったって、私は一緒に仕事をしないよ。

前に、男友達と突然思い立って、彼の実家に旅行した時のことだ。年老いたお母さんは、突然の私の出現にとても驚いていたが、（ほら、田舎に棲息していないタイプのけものだから）心づくしのおもてなしをしてくれた。その晩は泊めていただき、翌朝、朝食の席に着くと男友達が怒り出した。昨夜使った割り箸《ばし》が綺麗《きれい》に洗われて食卓に並んでいたからだ。でも年寄りひとりだからお箸が……と、お母さんがすまなそうに言った。洗った割箸！　かつてギャグにも使われたそれを私は貧乏臭いと感じたか。断じて、否!!　お母さんの困ったような顔と、恥入ったような男友達の表情、そして、まだ少し湿っている割り箸の組み合わせは、何とも言えないひなびた暖い感情を私に運んで来たのである。お母さんは、ゆで玉子の殻を丁寧にむいて、私の皿に置いてくれた。良い具合の半熟だった。お父さん、黄味がとろっとなってないと駄目だったねえ、とお母さんは懐しむように言った。男友達は、無言で、ぱくついていた。おいしいです！　と言う私の前に、またもやむき立ての玉子が置かれそうになり、おおいに恐縮したことである。焼いてもらったトーストには、庭で穫れた無花果《いちじく》の手造りジャムが添えられていた。それ、子供の頃から食わせられていた、と男友達が言った。その言葉が、何ともゴージャスに朝の食卓の仕上げをしたのだとは、彼は気付かなかっただろう。その気付かないこと自体が贅沢《ぜいたく》。いちいち言語化せずにはおかない物書きの私が、もしかしたらその場で一番、貧乏臭かったかもしれない。

このように、何が貧乏臭くて、何が豊かなものになるかは、まったく予想が付かない。そう、読者諸君も、他人の押し付ける価値観など放っておしまいなさい！ 話は「タイタニック」に戻るが、公開当時、映画のヒットに便乗して、どこかの一流ホテルのレストランが、あの豪華客船のディナーメニューを再現して客に提供したと記憶している。これまた、私の価値観としては、超貧乏臭いのである。レオ様と同じものを食べて映画の余韻に浸りたいのか？ 浸りたいんでしょうねえ。ポケットに宝石入れられて盗っ人のぬれぎぬを着せられるという、今時、珍しいちゃちなトラップに引っ掛かっちゃう間抜けな男の子に、なんであれだけの人たちが、まいっちゃったのか、ひねくれもんの私には、まったく理解出来ません……って、今頃になって、この映画に関してぶつくさ言ってるのは私だけであろう。件《くだん》の女友達には、もうチワワ以外のレオ様は存在していないみたいだし。

ところで、まったく話は変わるが、今、机の上に開かれている新明解国語辞典に、たまたま目をやったら、「盗む」の項の例文に、唇を盗む、というのがあったよ。＝相手の予期していないキスをする、だって。いやー、いいですねえ。大人になると合意の上のことが多くなって、そういう不意打ちの楽しみから遠ざかりがちになる。そこで貧乏臭い事柄をしつこく検証して来た私は、あっと思うのである。不意打ちの楽しみって、貧乏臭さと対極にあるもんじゃないのか？　予定調和の欠片もないもの。画策と無縁のところに生まれ出づる喜び。残った煮魚を鍋に入れて一晩放っておいたら、おいしい煮こごりになっていた。その嬉《うれ》しい不意打ちで、気温の低さに気付いて、秋の訪れを知る。そんな贅沢。食いしん坊、ばんざい!!　この先の私は、そんな食いしん坊道を極めて行こう。ポンちゃんにとって豪奢《ごうしゃ》とは、picking up professional skills 4 yearning. 豆腐作りに凝ってます。あの柔かさ、養子にしたい。年賀状に刷っちゃう？　酢きです。樹庭夢。

お目出たき完璧

この雑誌で連載して来た二年分の「熱血ポンちゃん」が、とうとう一冊の本になる。その名も『ご新規熱血ポンちゃん』。嬉《うれ》しいなーとしみじみゲラを読み始めて唖然《あぜん》。私って……私って、ほーんとポンチな毎日を送ってる。こんな格調の欠片《かけら》もない生活。いいのか、これで!? 四十過ぎたらシックな大人の女になる筈《はず》だった私。それを夢見て、精進しようとして失敗していた二十代の私に伝えてやりたい。二十年後も、あんまり変わり映えしないから、そのつもりでね、と。子供の頃、四十過ぎたら、文字通り不惑の人生が待っていると信じてた。じたばたすることから解放されるのだと思っていた。泰然自若。そのたたずまいこそ四十代。それなのに現実は厳しい。ま、それが解っただけでも、年を重ねた甲斐があったと言うべきか。だいたい子供の頃、四十過ぎたら恋愛なんてしないんだろうなあ、と思っていたのだ。若さ故の傲慢《ごうまん》と無知ってあるものですね。私の周囲では、四十だろうが五十だろうが、彼氏欲しー、とか、これが最後の恋、とか、ほざいている奴らばっかりだよ。そして、やっぱ、あれ、最後の恋じゃなかったーと胸を高鳴らせていたりもするよ。もう枯れました、としゅーんとするのは、むしろ若い人たち。これこれ、そこを乗り越えてこそ、枯れ木に咲く花を拝めるのであるよ。さあ、大酒をかっくらって浮かれてみよう。あ、でも、そうすると私みたいな人間になってしまうね。日々を茶化して生きるおめでたい人と呆れられてしまうね。でも、「お目出たき人」は、他者にささやかな幸せを分け与えると信じよう。ヤッホー、ありがとう、実篤《さねあつ》!!

この単行本化を記念して、登場する人々による鼎談《ていだん》が行われた。出席者は、奥泉光、ベース奏者の吉野弘志さん、ジャズバーKonitzの御主人。私抜きで、どんな話をしたのか気になるところだ。誰に尋ねても、いやー、読みゃ解るよ、と言葉を濁すばかり。きっと、本人の前では言えないわだかまりを抱えていたのだと思われる。もっと腹を割って向い合ってみないか？　真摯《しんし》な御忠告には私も耳を傾けよう。その後、ぽかりとやるか否かは定かではないが。

ところで、その三名が私の悪口に花を咲かせている頃（推定）、私は江國香織さんと遠からぬ所で食事をしていた。そして二人共いい具合に酔っ払っていた。で、すっかり御機嫌になり鼎談場所のKonitzに乱入したのだが……後で店主に叱られました。

酔っ払い過ぎだって。そうですね、はい、私が江國さんを守ってあげなきゃ駄目ですね。吉野さんにもたれかかって眠りこけている場合じゃないですね。と、反省するくらい、江國さんの酔っ払い方は豪快かつチャーミングなのである。私が男だったら、お持ち帰りの方法をあれこれ画策していたことだろう。お持ち帰りのされ方を考えるのは、もうきっぱり諦めている私。ただの飲み友達の殿方ばかりが周囲に集っている昨今。火宅の人への道は閉ざされたままである。檀一雄って、火宅に対して勤勉だったんだなー。余程の根気がないとああはなれないよ。

私の天然の旅情は、近頃中央線にばかり発揮されている。今まで、色々な国を旅したけれども、旅情を感じるのは遠い国ばかりでないなあ、と感じる。道端好きの私は、散歩するだけでおもしろがれる。それは、ニューヨークのストリートであろうが、アフリカのスラム街であろうが、稲荷《いなり》通り（吉祥寺の隅っこ）であろうが変わりはない。私自身が思うところの完璧《かんぺき》な風景に出会うと、それだけで幸せになれる。

この間、家の近くの裏道を歩いていたら古い日本家屋を見つけた。庭にはうっそうと木や雑草がおい繁っていた。ひょいと覗いた目線の先には縁台があり、その上には、三毛猫がまるで置き物のように座っていて私を見た。うーん、なんて完璧な情景だろう、と嬉しくなったものである。

またある時は、食べかけのアイスクリームを落として泣いている少女に出くわしたこともある。隣にいた男の子が、兄ちゃんのを食え、と言って自分の分を差し出していた。妹思いで感心感心と微笑《ほほえ》ましい気分で通り過ぎようとすると五時の時報が。私の家の近辺では、それに続いて「七つの子」が流れるのである。うーむ、完璧な夕暮れであることよ、かーらーす、なぜなくのー、とひとり口ずさみながら夕食のための買い出しに急いだ。こういうささやかなことで喜んでいる私は、やっぱりお目出たき人？　そうなの!?　実篤!!

果物屋さんで、相当なお年のおじいちゃんが、これまた相当なお年のお店のおばあちゃんに、背を向けて立っていた。何してるのかなあ、と店先で様子をうかがったところ、大量に買った柿やら、おみかんやらを剝き出しのまま自分のデイパックに詰めてもらっているのであった。あんたも年なんだから、無理したら駄目だよ、とおばあちゃんが言った。するとおじいちゃんは、ステッキで床を叩いて、解っとる！　だからビタミン取っとるんだ！　と怒っていた。ありがたいけどねえ、とおばあちゃんは溜息をついた。こんだけあるとビタミンも背中に毒かもしれないよー、だって！　うわー、完璧に可愛い！　あんまり見ていると、今度は、私が怒られそうなので立ち去ったが、柿のつやつやした橙《だいだい》色が、妙に瞳に焼き付いたままだった。私も後で柿を買いに寄ろうと思いながらスーパーに行き、つい、つやつやつやつながりで茄子を買ってしまった。お目出たき人というより馬鹿一？ そうなの？ 実篤‼ もうこうなったら、白樺派宣言しちゃおうかな。でも、ひとり白樺派って、ちょっとどんくさいかも。どんくさいと言えば、近頃、私は、どんくさい男の人にとても寛容になっている。ここで話は江國さんに戻るのだが、彼女の最新刊の『間宮兄弟』（小学館刊）を読んで、すっかり良い人になっているのだ。今までだったら、げっ、だせーと悪態をついていた筈の男を見ても、もしかしたら、こいつも隠れ間宮かも、と思って許せてしまうのだ。罪な本だよなーこれ。自分も間宮だからーと開き直る奴も出て来そうな気がする。ある種の男たちには読ませたくない本である。それにしても上手《うま》いなあ。ラストの場面なんて秀逸である。時々新人賞の候補作に、あ、この人、江國香織になりたいんだろうなあ、と思わせるものがあるが、無理！　絶対に無理だから！

新人賞と言えば、私は、いくつかの小説新人賞の選考委員を兼任している。その中でも一年前に辞めた文學界新人賞は十五年もの長い間務めさせていただいた。私以外が新しい選考委員に替わってからの十年間は、選考会のみならず終わった後の食事やお酒の時間も含めて毎回本当に楽しみだった。出来れば続けたかったけれど、諸事情により降りることになった。それでも、私抜きで、残ったメンバーが、どんな作品を選ぶのかなあ、と気になって選評を楽しみにしていた。今月もだ。今回で、奥泉光も抜けることになったのだが、その最後の選評の結びが、何とも言えない。

「今回は私の最後の選考会だった。いつも食事のあと、ニューオータニのバーへ行くのだけれど、今回は何故か選考委員が皆早めに帰ってしまったので、編集部の人たちと、島田奨励賞をとった寺坂さんと一緒に、少し飲んでお話した。それからわりと早めに家に帰った」

ぷーっ！ 悪いけど吹き出しちゃったよ。もっと飲みたかったんだろうなあ、奥泉。皆、最後なんだから、もっとつき合ってあげなよー。それにしても、私、選評をこんなふうにしめてる選考委員、他に知らないよ？ 特に最後の一行。早めにおうちに帰ったの？ しかも、「わりと」早めに？ 可愛いなあ、奥泉のあの石部金吉ぶりを思い出すと、この一行で、これまた完璧なぺーソスを作っている。「七つの子」が聞こえて来そう。早速Konitzの御主人に見せたら大笑いした。奥泉さんて妙なおかしみがあるんだよなーだって。

おかしみ。これは人間にとって重要なことですよ。これのある人とない人では、周囲の空気感がまるで違う。ある人が作るたたずまいは滋味に満ちている。出汁《だし》が効いていると言っても良い。私のまわりには、いつもそういう人がいて欲しいし、私自身もそうでありたい。私が完璧と思うものには、常にその要素が含まれている。世の中の完璧とは、ずい分かけ離れているのである。ちょっと、とんまな感じというのが必要だ。(しかし、「とんま」って、生まれて初めて書いたなあ。なんとも私なりの完璧感のある死語だ)

私の父は、幼ない頃、神童だったのだそうだ。ところが鉄棒から落ちて頭を打って以来、凡人に変身したという。私が友人を連れて実家に帰るたびにその話をする。いやー、私は実は、昔、神童でしてね、と話し始めるとだいたいの人は、リアクションに困ってしまう。凡人に行き着くまでの話が長い。話を聞き終わって、ふうと溜息をつく友人の顔を見るたびに、私は、おかしくなってしまう。毎回毎回楽しくなってしまう。すると妹が引き取って、だから私たちも凡人なんだねーと続ける。すると、母が、そう言えば大木凡人ってどうしちゃったのかしらねえ、と話をそらす。凡人に戻っちゃったんでしょ? と私。隅っこで姪のかながいい、溜息をつく。人間、平凡が一番だって、となだれて納得する素振りを見せる。友人は、溜息をつく。なんか、エイミーんちの会話って、しり取りみたいだねえ。そう。それも、すごーく、とんまなしり取り。

かと思うと、ちょっとしたいさかいの時に、誰かが言う。

「えーい、トウシューズに画鋲《がびょう》入れてやる!」

言われたら言い返す。

「私のパパはＰＴＡ会長よ！」

「私のママはＪＡＦ会員よ！」

「私の姉はＴＬＣメンバーよ！」

「私の兄はＤＤＴ噴霧器よ！」

　と、まあ、まるで意味不明のとんまぶりを発揮するのである。特にＤＤＴなんて、お若い方には何が何だかさっぱり解らないことでしょう。私だって見たことないもん。昔、戦後の子供たちにわいた虱《しらみ》退治のための殺虫剤の名前だそうです。トウシューズに画鋲とＰＴＡ会長の娘ってのは、昔の少女漫画の必須アイテムである。意地悪な金持のお嬢さんが清らかな貧乏人の娘をいたぶるための神器である。しかしなあ、ＰＴＡ会長が何だってての？　そんなに偉かったっけか……。ＴＬＣってのは、ニューヨークのタクシー・リムジン協会《コミッション》のことでは、むろんなく、Ｒ＆Ｂの女の子グループね。メンバーひとり死んじゃったけど。

　まあ、ここまでとんまなのは、私の言うところの完璧とは程遠いものである。しかし、こういうポンチなやり取りで、私たち家族は、時に訪れる危機をやり過ごして来たような気がする。馬鹿も休み休み言えという言葉があるが、本当に休み休み馬鹿をやっている訳である。

この間、実家に帰った時、夕食後、女たちで食卓も片付けずにだらだらとお喋《しゃべ》りをしていたら、風呂上がりの父が、素っ裸で通り過ぎた。ざわめく私たち。ちなみに、現在我家の男は父だけである。

「やだーっ、パパ、下着ぐらい持って入りなよー」

「いやー、うっかり忘れちゃって（と前を隠す）」

「今さら隠しても遅いよー」

すると、かなが一向に意に介していないかのように冷静に言った。

「干し柿ぶら下がってたよ」

一斉に笑う私たち。

「昔は生牡蠣《なまがき》だったんだよ」と、これは私。

「生牡蠣はあたると恐《こわ》いんでしょ？」

「フライにしてしまえ」

小走りで退場する父。昔は神童だったのにねえ……今は女子供に笑われちゃって。男はつらいよって心境でしょうね。

と、ここまで書いて来たら、突然男友達がやって来た。激怒している。西荻窪の古本屋で万引きに間違えられたそうだ。買ったばかりの大量の漫画の単行本を抱えて店を出ようとしたら、万引き防止のためのベルが鳴り出したのだそうだ。応対したばかりの店員が、彼の買ったばかりの本を調べたところ、抜くべきスリップがはさまれたままになっていたという。

「頭来た。向こうのミスだって判明したのに、絶対に謝んないんだぞー!!　バッグの中まで調べやがってさあ、今、おまえがレジ打ったんだろって怒鳴っても、一応決まりなんでってくり返すばっかでさー。自分で袋に入れてシール張った本覚えてないのかって言っても、あ、規則ですからだって！　こないだの店員と一緒だよ、教育、なってねーっ」

結局、店長が飛んで来て、そのアルバイトを殴って一件落着したそうな。殴る前にすることあるんじゃないのかなあ……。友人の言うこないだの店員とは、夕方、二人で入ったこじゃれた居酒屋にいた奴。同じ西荻窪である。私が支払いをすませて領収書が欲しいと告げた時のこと。

「宛名は？」

「上で結構です」

すると、彼は、奥にいる別の店員に大声で言った。

「おーい領収書書いて。上だから、上ねー」

聞き取れなかったのか尋ね返す店員に、彼は、また言った。

「上だって、上。上って書いといて」

うう。腹が立って来た。しかし、上様と呼べとは偉そうかもしれないし……。奥にいる店員が出て来た。困惑した様子で、上様でよろしいですね、と言った。この子は気付いているらしいね、私たちの苛立《いらだ》ちに、と思った私はもうひとりに言ってやりました。

「あの、差し出がましいようですけど、お客に向かっては、上じゃなくて上様と言うべきなのでは」

きょとんとした表情で私を見た。謝る気配もない。意味がまったく解っていないのだ。店長の教育が……と思い始めて、はっとした。従業員の中で、彼が一番年上みたい。もしかして、こいつが店長？　じゃ、駄目だー。本当に、上っていう名字だったらどうするつもりなんだ

ろ。いきなり呼び捨ての暴挙？（まあ、そんな名字あるかどうか知らんけど）あのですねえ、馬鹿をやるのは良いけど、ただの馬鹿じゃどうしようもないざんすよ。二人で、嘆きながら、とぼとぼと歩く秋の夕暮れ。しゅーん。完璧な宵を過ごす予定だったのに。今、気が付いた。私の好きな完璧は、とってもはかなく脆《もろ》いものなんだ。ポンちゃんにとっての完璧は、my efforts paid off, came to nothing のくり返し。でも、いいの。私のパパは神童よ（たんこぶ前）、そうでしょ！　実篤!!

かばちな年末

その夜、私は、バーカウンターで見目麗しい殿方二人にはさまれていました。私に対して、非常な熱意を持って話しかける男たち。そして、神妙に頷《うなず》く私。背後から見かけた人は、けっ、山田詠美、自分、もててると勘違いしてんじゃねえだろーな、と苦々しく思ったかもしれません。けれども、それこそがおおいなる勘違い。私は、この二人（広島出身、広島に近い岡山出身）に、彼らの方言を叩き込まれていたのです。何のためにかって？　さあ、私にもさっぱり解りません。酔っ払いは、変なことにむきになるものですからね。私の発音がなってない！　と何度もやり直しをさせられていたのです。それにしても、何故、私が、

「おんどりゃあ！　かばちたれとんかー!!　こら、ぼけ！　いてもーたろうかあ!!!」

などという脅し文句を正確な発音で言わされなくてはならなかったのでしょうか？　何故？　ホワーイ？　彼らの、リピート　アフター　ミーのしつこかったこと。体得

出来ない私に業を煮やしたひとりが、折りたたんだ紙切れをくれました。酔っ払ってそのまま帰り、翌朝開いてみると、レクチャーの内容が発音記号入りで記されていました。何なんだよ、かばちたれとんかー!!

と、師も走っている忙しい時期に、相変わらず、無為な生活を送っているポン太郎である。思い出してみると、大阪周辺と広島周辺のアクセントは、まるで違うということから話は始まったようである。ちなみに、かばちたれとんか、とは、馬鹿言ってんじゃねえよ、というような意味らしい。そこで関西人は「と」にアクセントを置くけれども、正しい広島弁では「た」に置くとのこと。その他、色々聞いていたら、びっくり。岡山、広島のフロウは、東京と同じなんですね。関西と同じアクセントなんだと思ってた。関西弁なんかと一緒にすんな、と二人共言っていたけど、うーん、向こうも同じことと思ってるかも解らないよ。それにしても、前出の啖呵《たんか》は護身のために覚えておくようにと言われたのだが、使う時はやって来るのだろうか。私なんかが、へらへらしながら言うと、非常に迫力があるであろうとのことだが、ただの危ない姉さんになりそうな気がする。剣呑《けんのん》、剣呑。うっかり、そのあたり出身の人に使っちゃったりしたら反撃くらいそうだし。

しかし。今、思い出した。私たちには何も恐いものはない。この間、恒例のお酉《とり》様に行き、その時、同行の男子と新しいグループを結成したのだ。その名も。

「チーム　ガンジー」

そう、あのガンジーの無抵抗主義を標榜する集まりなのである。しかし、無抵抗なのは私たちではない。相手に無抵抗を強要するのである。他力ガンジーと呼んでも良いだろう。この思いつきに、歓喜の声を上げる私たち。すげー、これで安泰じゃん、やっぱ平和を求めるよねーと、はしゃいでいたが……そうだろうか……とてつもなくポンチなチームのような気がするが、ま、あまり深く考えないことにしよう。

毎年欠かさず出向く浅草、酉の市。今年は二の酉に行ったのだが、週末に重なったためにすごい人出であった。まずは、雷門の前にある鴨屋さんへ。その名を「鷹匠寿」という。年に何度も来る訳ではないので、あまり良い客とは言えないのだが、私は、ここの若主人の満くんを昔から知っている。初めて会った時は少年だった彼が、今は、堂々たる御主人ぶりである。彼が一枚一枚焼いてくれる鴨は、ほんとおいしい。酉の市は夜中の十二時に開くので、ここで腹ごしらえをしてから、どこかのバーで時間をつぶすのが常なのだが、今年は、時間の空いた満くんが、地元の人しか行かない、とってもディープなビリヤード場に連れて行ってくれた。客は私たちだけだったが、普段は、ハスラーがたむろしているような所だ。こういう場所、好きだなー。お若い方はご存じないでしょうが、昔、東京で爆発的にプールバーがはやったことがある。映画「ハスラー2」の影響と思われるが、ハスラーな雰囲気などみじんもない洒落臭《しゃらくさ》い場所が多かった。何故かトロピカルな内装で、パームツリーもどきの観葉植物が置いてあり、皆、まずーいマイタイなんか啜《すす》っていた。私？　さあ、忘れましたわ。「ヘンリーアフリカ」で、アメリカ人のボーイフレンドに手ほどきを受けていた私に似た女もいたみたいだけど、ううん、あれは別人よ。え？　福生《ふっさ》の「ビリヤード泉」でふてて た女？　ええ、それは、まぎれもなくわたくしよ……って、相変わらず、屈折してるよなー私。私は、お洒落にお膳立てされたものを、ださいなーと感じてしまう習性がある。そういう所に足を踏み入れざるを得ない状況になった時、あ、これ仮の姿ですから、と自分自身に言い訳するのである。バブルの頃なんか言い訳だらけでしたたな。誰も聞いちゃいないんだけど。クリスマスにシティホテルにカンヅメになっちゃった時なんて悲惨だった。よれよれになって、書き上げた原稿を送るためにフロントに行くと、昨夜の盛り上がりはどこ行った状態のカップルが、私とは全然違う理由でよれよれになってチェックアウトしてた。皺《しわ》になったパーティドレスを着て、しおれた花束を持った彼女を待たせて、支払いをする彼。疲れた表情の昼間のタキシードなんて、セルジュ・ゲンズブールぐらいしか似合わないって。きっと、女の子のバッグの中には、ティファニーの水色の包み紙が入ってるに違いないと私は推測したね。ま、余計なお世話ですが。クリスマスにシティホテルというのをお洒落と決めたのは誰だったんだろう。服に必ず巨大な肩パッドの入っていた時代。復活して欲しくないものである。でも、予想すらしていなかった七〇年代初期のファッションの復活があったのだから気は抜けない。

今だったら、アジアンリゾート風の温泉とか、和風ダイニングバーなんかが、私のコードに引っ掛かる。あと、次々と建設されている新しいビル群ね。いったいどうして、丸ビルや交詢《こうじゅん》ビルをあんなふうにしなくてはならないのだろう。外見をキープして、内側だけリノベーションするという最新技術が、日本にならあるのではないか。ああ、交詢ビルのバー、サン・スーシーに通っていた頃が懐しい。何年か前に御主人が亡くなってしまうまで、銀座の待ち合わせは、必ず、あそこかパブ・カーディナルだった。六本木ヒルズが出来る前、WAVEの裏の公園で、夜中に男の子と抱き合ったものだわ。見上げるとハリウッド化粧品の看板が私たちを照らしてた。今は、あのあたり、ピカピカしてて大嫌い。東京の街並は、どんどん私好みじゃなくなって行く。時代から遅れてる、とは思わない。だって、パリもニューヨークも、いつ行っても、私好みの場所がちゃんと残されているもの。もしも、東京駅を京都駅みたいにしたら許さないからねっ。でも、予断を許さない。何たって、鴨川にセーヌ川の橋を持って来ようと企画する人のいる国だもの。何が起こるか、ほんと、解らない。

お西様は、毎年変わらず私たちを迎えてくれるから安心……と言いたいところだが、何とヨン様熊手がお目見えしていたよ。しかも、電飾で輝いていた。皆、指差して笑っていただけだったけど。熊手にのっかったミニ　ヨン様はせわしく動いていた。でも、まあ、これは御愛嬌ってことで。

今回は、いつも買った熊手を届けるお店のお姉さん（文字通り、私の姉ちゃんみたいな人）も、店が休みなので同行していた。彼女は、住居も店も六本木界隈《かいわい》。浅草の女の子たちにいちいち驚いていた。実は、私もだ。浅草、というよりも、出店で働いている女の子たちと言った方が良いかもしれない。服も化粧も髪形も、独得の様式美がある。はっきり言って、コムデギャルソンに身を包んだ私の姉ちゃんと、ゴルチエ着てる私は浮いていた。だいたい、私たちのような黒髪のストレートロングの女子なんてどこにもいないのだ。都心の女の子たちのカラーリングとも違う。なんというか、とても懐しいはすっぱな感じがあって、それが、祭りの場所に馴染んで格好良いのだ。口のきき方も、ぞんざいなのに礼儀を欠いていないしゃきしゃき具合で気持良い。うーん、港区にはいない人種だねーと、私たちは感心することしきりであった。下町の人々には、日本のお祭りが良く似合う。

港区にはいない人種で思い出したが、この間、昭島駅で変な格好の女子高校生を見た。制服に巨大なルーズソックス。これだけなら、少し前の女子高校生スタイルだが、なんと制服のスカートから、折ってたくし上げたジャージが覗《のぞ》いているのである。脱ぎ忘れたのではなく、堂々と見せているのである。しかも、色はピンク。こ、これは、いったい？　その子は、携帯電話で話しながら、ひとりで階段を上って行った。たぶん独自のアピールなんだろう、それにしても変わってる……と思っていたら、数日後、友人と温泉に行った際、下車した大月駅でも同じ格好の女の子たちを見かけたのである。やはり、ジャージの色はピンク。どうなってるの？　これって、はやりなの？　ジャージとルーズソックスの間は三十センチほど。どちらもボリュームがあるので大変なことになっている。で、皆、きちんと薄化粧しているのである。スカートはジャージの厚みで膨んじゃって、まるでパラシュートみたいに広がっちゃってる。これ、もしかしたら、私が知らないだけで、東京二十三区でも流行してるの？　ほんと、彼女たちって変なこと思いつく。ピーコさんに教えてあげたら倒れてしまうかもしれない。まあ、若い頃におかしなファッション、というのは誰でも通る道、ではあるのだが。それにしても、変、変、へーん!!

変と言えば、この間、吉祥寺をうろうろしていたら、ひょっとこのお面をかぶって歩いている人がいた。あれは何だったんだろう。その日は、ハロウィンでもお祭りでもない。人通りの少ない道をごく普通に歩いていたのだ。すれ違う人は、皆、いちょうに、ぎょっとしていた。薄気味悪かった。夜だったら、走って逃げてしまっただろう。世の中には、変な人や事柄がいっぱい。可愛《かわい》い変も不気味な変もある。もちろん、私も、ある種の人から変人と思われているのだろうが。

この間、コンビニに現像に出して置いた写真を取りに行った時のことだ。二日程前に上がっている筈《はず》の写真が手違いなのか届いていなかった。それはいい。そういうこともあるだろう。店員さんは、しばらくカウンターの下でごそごそやっていたが、立ち上がるとこう言った。

「申し訳ありません。遅れているようです」

「あ、じゃいいです」と、私。

「ご常連さんなのに、本当に申し訳ありません!!」

「は？」

聞き返すと、もう一度、同じことを言う。……私、あなたの顔、初めて見たんですけど。彼が下を向いたままそうくり返すので、覗くと、何やら書き付けた紙を読んでいるようなのである。ははーん、いつもその時間にいる店員が書いて行ったのだな、と気付いた。しかし、混み合った店内で馬鹿でかい声で、常連さんとくり返されてもねえ……コンビニの常連さん扱いされても、全然嬉《うれ》しくないんですけど……。と、いうより、書き置きした店員の人が、私を常連として見ているのが、何かやだなーと思った。口をきいたこともないのに。個人商店で、お店の人と仲良くなるのとは全然違うような気がする。変な違和感があるのだ。コンビニで要求されるのって、感じの良いビジネスライクってものだろう。と、いうのも、私にはコンビニにまつわるいやーな記憶があるのだ。

まだ物書きになる前、私は、水商売のバイトをしながら、都心に住んでいたことがあった。深夜、家に帰る前に、時々、立ち寄って夜食を調達するコンビニがあったのだが、やがて、そこの店長と口をきくようになった。その内、買い物をするたびに、彼は、私におまけを付けてくれるようになったのである。ゆで玉子やカップスープなど小さなものであったが、親切にされていると感じて嬉しかった。が、仕事帰りに待ち合わせたボーイフレンドを連れて行った時から、彼の態度は急変した。挨拶《あいさつ》を返してくれないばかりか、私をにらみつけるようになったのである。しばらく行くのを止めようと思った。そんなある夜、いつもと同じ帰宅時間、誰かに後を付けられているのを感じたのである。恐くなって走ると、後ろの足音も走るものに変わった。全力疾走して、マンションの部屋に飛び込み、ドアに付いてる覗き穴を見ると、通路に入って来た男が、ひとつひとつのドアの前で立ち止まって首を傾《かし》げている。あの店長だった。彼が自分の部屋の前に立った時の恐怖と言ったら！　音を立てたら、どの部屋かが解ってしまうと思い、鍵をかけないままだったのである。しばらくうろうろした彼が諦めて立ち去った時、ほんと、力が抜けた。すぐにボーイフレンドに電話して、その日から毎日送り迎えしてもらうようになった。引っ越すべきかと考えていたら、ほどなくして、そのコンビニは閉店した。もちろん、その店長のような人は滅多にいないのは解っている。でも、それ以来、私は、コンビニに必要以上のホスピタリティを求めていないのである。これは、襲われるとかそういうこととは、まったく別にそう思っているのである。え？　襲われる年齢でもないだろうって？　ふん、放っておいてちょうだい！　でも、万が一、そういうことに遭遇した時こそ、あの付焼刃の岡山広島弁を使えば良いのね。もしかしたら、岩井志麻子ちゃんも使っているんでしょうか。そうだとしたら、きっと、ぼっけえきょうてえな、ど迫力でしょうね。

　そう言えば、大月駅では、キュートな変、も目撃。ホームに、かなり高齢のおばあちゃんが行き倒れていた、と思ったら、実は、うずくまるようにして、黙々とボンタン飴《あめ》を食べていたのである。うおーっ、懐しいもん食ってんなーと、同行の男友達が感に堪えないように言った。あの超然とした風情。かなり寒い日だというのに、コンクリートにぺたりとお尻を付けて、我、関せずというふうだった。モンペ姿で、素足に草履《ぞうり》。電車が来たら、すっくりと立ち上がっていた。格好良い。

今年も、後わずか。さまざまな変に出会って来たなあ。ポンちゃんにとって、変な事柄は、cohabitation with joy and happiness, even if it's good or bad. 私の周囲に、クリスマスまでに恋に落ちると予測している者が数名。それって、かばち？　語源は何？　河馬の池なの？　河馬の血？　まさか、蚊蜂か!?

年明けファミリーアフェア

二〇〇五年が始まったばかりだというのに、私には、もう挫折したことがひとつ。それは、日記をつけること。無謀だろうか、と思いつつ、年末に、五年日記なるものを購入しておいたのだ。うーん、ここにわたくしの華麗なる五年間の軌跡が綴られるわけね、と思ったものの、やはり、暴挙であった。だって、お正月から私の生活、地味過ぎて何も書くことないんだもん。元々、無精者の私。スケジュール帳だって持っていない。脳みそで記憶出来る以上のことは予定に入れない主義、などというと反感買いそうだが、スケジュール帳を開くなんてこと考えただけで面倒臭さにめまいがしそうになるの。そんな私が、何故日記をつけようなどと思ったか。実は、ひと頃の檀一雄ブームが落ち着いて、今、私の中では武田泰淳ブームが起きようとしているのです。と、なれば、やはり妻の武田百合子さんは外せないと、いうことで、『富士日記』(中公文庫)をしばらくぶりに読み返してしまったのですね。『富士日記』と言えば、いわずとしれた日記文学の傑作。買い物リストや食事のメニュー、その日の雑感だけで、人間関係や自然や文学者のありようなどが見事に描写されている。いーなー泰淳、百合子さんみたいな人がいて、と畏《おそ》れ多くも思った私。そこで考えついたのだ。そーだ！　自分のために百合子さんをめざしてみよう!!　手始めに食べたものを書き出すのだ。

一月一日。朝、お屠蘇《とそ》、おせち、お雑煮（餅《もち》抜き）、酒。昼、酒、おせち。夜、酒、おせち……うー、書いてて全然おもしろくないんですけど……。ちなみに、私は、おせち料理のほとんどが好きじゃない。おせちの他にも子供たち用メニューが用意されてはいたものの酒に合わない。よって、お雑煮のための鴨汁なんかをちびちび舐《な》めながら、お屠蘇で甘くなった舌を辛口のお酒で洗い清めるのである。その内に、見かねた妹が豚キムチなんかを作ってくれるので、それを口実（？）に焼酎なんかを飲み始める。そうやって例年通り炬燵《こたつ》の甲羅を付けた人間粗大ゴミへと身を持ち崩すのである。え？　日記？　もう知らん。百合子さんは、泰淳先生にお返しするわ。と、いう経過を辿《たど》り、私の野心は、呆気《あっけ》なく消えてしまったのである。やはり、分不相応なこと考えるもんじゃないですね。

いつも通りに父の家長としての訓示から始まった新年。去年までと違うのは、三が日をほとんど百人一首に費したことだろう。最初は、何の興味も示さなかった姪《めい》たちが夢中になってしまったのだ。えー、つまんなそー、面倒臭そー、難しそー、などと言っていた姪たちが、やがて真剣になり、まるで格闘技状態に。パソコンでゲームやってた方がましーなどと言っていたのに。

でも、私には、この結果は予測出来ていた。実は、私も子供の頃、両親に導かれて夢中になり、中学では、かるたクラブに入ってしまったのだ。あの頃、お正月は明け方まで百人一首に興じてた。ろくに字も読めなかった妹も、自分の得意な札だけは、しっかり覚えていて、取れないと号泣した。面倒なので、私や両親は、その札のありかを知りながらも捜す振りをしたものだ。それと同じことが姪たちにも起ったのである。子供って、すごい。どんどん上手になって行く。私は、と言えば、決まり字だけですべての札を取れた過去などどこへやら、ほとんど忘れちゃって、毎回最下位であった。過去の栄光って、ほんと過去だけのものだったのね。

見ていると、大人は字を読むけれども、子供は、下の句を視覚的にとらえるようだ。この上の句には、下の句のあの形状、みたいに。そして、取れるようになって来ると、俄然おもしろくなって行く。そうなると、いつしか、上の句と下の句が一致して、ひとつの歌であることに気付く。なんと、翌日には彼女たちも読み手になっていた。

人気の札は、蟬丸《せみまる》。何故なら、家長にそっくりだから（頭のはげ具合）。これやこの―で始まる歌だが、この場合、読みゃしない。ただ、「蟬丸!!」というだけ。一番下の姪なんて、姉にこれを取られた後、激怒していた。いわく、「あたしの和歌」なんだとか。別バージョンで、ひと言、「パパリン！（家長）」というのもある。パパリンで、しるもしらぬもあふさかのせきー、につながる山田家の不思議。ここまで蟬丸に密着したのは我が家くらいであろう。

エスカレートという共通の病を持つ我が家である。上の句を読む人にだって試練を与えなきゃいけない。次々と出されるリクエストに応えざるを得ない。たとえば。

「森進一で！」

「ちっ、はやあああ、ぶっふうる〜〜〜」

「はい!!」

「青江三奈で！」

「なあがからあ〜〜〜ん、ドゥドゥビドゥビドゥバ……こころもしらずー」

「はい!!」

「波田陽区で！」

「あっしびきのー、やまどりのおって言うじゃなーい？」

「はい!! 残念!! 斬り!!!」

おーい、ちったあ真面目にやらんかい、と言いつつも、もう止められない、止まらない。百人一首責めの三が日であった。皆、来年に向けて精進するとか言ってたけど、どうかなー。これって、お正月過ぎると憑《つ》きもん落ちたみたいに興味なくしちゃうんだよね。さて、来年はどうなることやら。

年末年始は、いくつになっても、わくわくとがっかりのくり返しだ。その年が、どんなにさえない年であっても、数日でリセット出来そうな気がするし、新しい年はまだまだ残っているというのに、あーまた変わらないかもとしょんぼりする。希望に満ちているのは、年明けよりも年の瀬のように思える。昨年のクリスマス・イヴも恒例のCCC (Crack Crying Christmas) という悲しいクリスマスをぶっとばせパーティをやったのだが、三回目である。参加資格は、恋人及び配偶者のいないことなのであるが、メンバーの入れ替わりは激しい。直前になってキャンセルする人もいる。あー、これで参加しないですみました、と皆、口々に言う。出ないですむのをこれほど喜ばれているパーティもないだろう。しかし、三年連続皆勤している新潮社の小林だけが、いつも翌日、あー楽しかった、来年も絶対またやろうね！ と電話して来る。いいのか!? それで！ 友人としては、来年こそ、きみが出ないですむように祈ろうと思っているのだが。それとも、このパーティの重鎮として、私の片腕になり身を捧げて欲しい、と頼むべきだろうか。あるいは、パーティを一日ずらして、天皇誕生日を祝う会にして、悲しみをちゃらにすべきだろうか。主催者兼料理人兼お運びとしては迷うところである。

今回は中華料理。最近、中華や和食の出番が多い。イタリアンやフレンチを作る機会があまりない。何故なら、今までワイン好きだった人たちが徐々に焼酎飲みに移行しているから。私もそうだ。誰もが言うように翌日残らないいし、太らないいし。それに何しろ、おいしい!! でも、酔っ払い方は、ワインよりやばい。キック入っちゃうので、皆、うるさくなる。いや、私が一番うるさいんだが。Konitz（ここで散々宣伝しているのにちっとも功を奏していない暇なジャズバー。店主いわく今年からは商売繁昌とか）の忘年会でも、私たちグループったら、ジャズバーだってのに、ジュリーかけさせて歌っていたわね。椅子《いす》から転げ落ちてる女子もいたわね。新しい女とのセックスの回数をきっぱりと告白していた男子もいたわね。それについて、侃侃諤諤《かんかんがくがく》の議論を大声で交わしていたのは……全員だったわね。何故にあんなに真剣だったのかは今もって解らないの。他のお客さんもいたってのにーっ!! あー、もう酔っ払い人生から足を洗う!! でも、そんなのつまんないから、足の指先を洗うぐらいにする!!

……と、またもや同じ一年が続いて行くのか……大晦日《おおみそか》なんて錯覚だ、と言ったのは内田百閒だが、ほんと、百閒先生がいうように、明日が今日になるだけなのね。それでも。やはり、大晦日は、一年で一番、次の日に期待が持てる日。一日だけじゃ心許《こころもと》ないから、人々は、前後の数日に新しいものを見ようとする。CCは、孤独な一年の厄落とし。きみたちのために、ますます料理人として腕に磨きをかける所存よっ!!

あ、唐突に思い出したが、料理といえば、この間、子母澤寛の『味覚極楽』（中公文庫）を読んだ。これは、子母澤寛が記者時代に、各界の達人たちの食に関するインタビュー記事をまとめたもので、後の彼自身の雑感なども付記してある非常に興味深い本なのだが、そこに、幕末の頃のカステラの広告についての記述がある。それによれば、カステラを薄く切り、わさび醤油で食べると酒の肴《さかな》として至極上等とのこと。ほんとかなー。うー、こういうのを読むと、試したくなる私の性格。勇気を出してトライしてみようと思う。最初に、ほややなまこを食べた人の勇気を見習おう。ちなみに、はっさくにわさび醤油をつけて食べるとおいしい酒のあてになるよ。いや、マジで。私の父は、この間、家族が鉄板焼きを囲んでいる最中、すみっこで残りもんの鯖《さば》寿しを焼いて食べていた。しかも、肉汁と油が溜《たま》るスペースで。げーという表情の娘たちに向かって、いや、こんがりしてつまみにはおいしいんだって、と言っていたが……これは真似しない方がいいと思います。この人、時々、変なもの食べたがるんだなー。子供の頃、おうどんに牛乳かけたの見たことあるし。好奇心故のチャレンジだったらしいが、回虫みたいだったよ。回虫、見たことないけど。クリームチーズに必ずわさび醤油付けて食べるのもこの人。もうこれは家族全員慣れちゃって、焼き海苔《のり》まで添えた山田家の定番である。

私は、よその台所で料理を作るのが苦手だと、ずい分前に書いたことがある。これは、実家でも同じ。どこに何が置いてあるのか、もう、さっぱり解らない。で、大人しく作ってもらったものを食べているのだが、何日か滞在していると、やはり、うずうずして来て、父の晩酌のつまみなどをちまちま作り始めてしまう。この間、評判が良かったのは、タコの柔らか煮である。賞味期限ぎりぎりの生ダコがあったので、これを砂糖、醤油、みりんを入れた出汁《だし》で長いこと煮込む。それだけなのだが、火を通して固くなったタコをものともせずに、ひたすら煮る。すると、タコは、自分からもうま味を放出しながら、縮んで行く。最後は、そのうま味を戻すような感じで煮詰めて終わり。この頃には、とろりとすっかり柔らかな性格の良いタコに変身する。歯の悪い父も大喜びな程、従順になったタコ……で、唐突に思い出したが、昔、幻冬舎の社長の見城氏と鮨屋に入った。彼が、すかさずタコを頼んだので、私は言った。

「ケンケンて、タコに似てない？」

　写実主義の作家としての何気ない発言だったのだが、彼は激怒した。そして、以後、タコを食べるのをいっさい止めたそうである。琴線……いや、何らかのトラウマに触れてしまったのか。すまん。しかしね、ちょっとばかし了見が狭くはないだろうか。私なんか、とんかつ屋で、ボーイフレンドに、おー、エイミー、共食いじゃん、と言われても、わしわしロースかつ定食食ってるよ。豚汁ぐんぐん飲んでるよ。真ん中の姪の恵紗は、自分何に似てると思う？　と聞かれて、べっこう飴と答えた。確かに似てる。何だか、とろんとした顔してるのだ。彼女いわく、妹の恵奈は、貯金箱に似ているそうだ。なるほど、そういや、飛びはねると音のしそうな女の子だ。子供は鋭いな。しかし、ママ（私の上の妹）は、チェ・ジウに似てる、という発言は……？である。どちらかと言えば、小林幸子なのでは。紅白見ながら家長も言っていたよ。今年のようちゃん（上の妹の呼び名）は地味だねえって。私の母は、ドラえもんの声やってた人に似ている。私と下の妹は、ジェニファー・ロペスに似ているのは自分と言い合っていたが、ついに、妹の方が折れた。アリシア・キーズに似てることにするそうだ。不届者め。最年長の姪のかなは、格好だけエミネム。強そうだ。フードかぶったまま、ばんばんピアノ弾いてる。あまりに頼りになるので、近頃、私は彼女を師匠と呼んでいる。うーん、ちびっこだったのになあ。

昔、かなが幼ない頃、下の妹と二人で繁華街を歩いていた。キャバクラの前を通り掛った時、かなが不思議そうに尋ねたそうだ。

「マミー、サワヤマさんて人、そんなに美人なの？」

何を言っているのやら、と首を傾《かし》げる妹に、かなは、キャバクラの入口の貼り紙を指し示した。そこには。

「すごい美人沢山います」

妹は、腹を抱えたまま動けなくなったそうである。物を知らないことから生まれる、はからずも、のお茶目はかわいい。しかし、それには年齢制限があるだろう。

私は、野間文芸新人賞という文学賞の選考委員を務めているのだが、その授賞式が毎年暮れにある。選考委員は控え室に通されるのだが、全員そろった中で、歴代の受賞者名の書かれた冊子を見て、私は言った。

「この本賞（野間文芸賞）の第一回目の受賞者ってどな

たなんですか？　ぷっ、変な名前。八百屋さん？」

その時、一瞬、沈黙が。側に座っていた文芸評論家の方が、呆《あき》れ果てたというようにおっしゃった。

「きみ……真山青果を知らないの……!?」

あ？　気が付くと、気まずい空気が漂っていた。やー、すいません、物知らずで、と悪びれずに言う私に、周囲の方々は丁寧に教えて下さった。『平将門』や『元禄忠臣蔵』などを書いた劇作家なのだそうです。うー、知らんなあ、本名？　もしそうなら、子供の頃は、真山青果店とかからかわれたんだろうなあ。山田双葉山と言われた私みたいだな。そう思うと俄然親近感が湧くじゃないか。お互いにがんばろうよ、真山（今、調べたら、本名は彬《あきら》さんでした。すいません、おまけに、私が生まれる十年以上前に亡くなってました）。今年も、またお調子者の一年になりそうだなあ。五月には、ようやく小説が出版されるし、ちょっぴり御機嫌なのだ。年齢制限に引っ掛かっても、少しばかりのお茶目は見逃してくれないだろうか（他人のは見逃さんよ）。

ポンちゃんにとって、年明けは being indulgent to funny new year resolution. ブラジャー煮込んだおつゆが名物の国、どーこだ（答、ブラジル　by最年少姪）。子供とオヤジは紙一重。

まんべんない炬燵日和

ある雑誌を開いたら、金の耳搔《か》きが紹介されていた。さる有名アーティストの作品を商品化したらしい。耳搔き！　しかも、金!!　あああああ。実は、わたくし、耳搔きという行為そのものを考えただけで、頭がおかしくなりそうになるの。部屋じゅうを走り回りたくなってしまうの。あんなに長くて細い代物を、目で確認出来ない状態で耳の穴に入れるなんて、きゃー、鳥肌が！　鳥肌が!!　もし、何らかの理由で、バランスを崩し、そのはずみで、ぶすっと、突き刺してしまったら、と想像するだけで恐しい。

しかし。世の中には、耳搔きを快感と思う人も数多くいる、と、いうより、日本人のほとんどが、そうなのだと思われる。アメリカ人の夫も、オーマイガッド、信じられんと言っていたから、これは、もしや、日本人だけの習慣なのか。浴衣《ゆかた》姿の女子の膝枕で耳搔きをしてもらうのは日本男子の夢であるとか（男友達談）。ほんと？　今もそうなの？　私の女友達で、我家に泊まった翌日に、必ず、あーエイミーんち来ると苛々《いらいら》する、と言う奴《やつ》がいる。彼女にとっての必需品である耳掻きがないからだ。マイ耳掻き持って来りゃ良かったー、といつもぶつくさ言っている。いつのまにか、私のペン立てに、持って来た耳掻きをキープしていた人もいた。ひえー、目につくところに、こんなもん置くなー。と、早速、預っていた猫の遊び道具にしてしまったことである（あの先っぽのフワフワがお気に入りだった）。

私の耳掃除は、もっぱら、ミミクリン。ちっちゃな容器に入った洗浄液と綿棒がセットになったものである。私には、なんかこの容器がいとおしい。ミミクリンというネーミングも、その書かれた字体も可愛《かわい》らしい。ペットにしたいくらいだ。おうちも作ってあげたい……って、私の大嫌いな不思議ちゃんに近付いている。くわばら、くわばら。

人が当然のように使っているのに、私にとっては超苦手に感じられるものが、いくつかある。耳掻きは、それの最たるものだが、二番手に来るのは爪楊枝《つまようじ》。食べ物をつまむ場合には良いのだが、あれで歯にはさまった食べ物を取り除くという行為が恐怖である。人がしてるのを見ても何とも思わないが（いや、少し思うか。品ないものね）自分の歯の隙間《すきま》にあれを差し込む瞬間を想像すると……あーっ、歯ぐきに刺さったらどうするんだっ、と叫び出したくなる。ちなみに楊枝は、英語で tooth pick。元々、そういう用途のためにあるのか。アメリカのちんぴらは、唇の横っちょに楊枝をくわえていたりする。クールだと思ってるのかもしれないが、飲み込んだらどうするんだ！ と、私はいつも苛々しながら見詰めているのである。おい、どうせなら木枯し紋次郎を見習って、もっと長い楊枝に替えんかいっ！ そう言えば、ずい分昔に、男友達が誕生日プレゼントとして金の爪楊枝を一本だけくれた。どうすりゃいいってんだ、まったく。私が許せる楊枝は、スペインのタパス用のもの。中間が平らに削ってあって、パンと具をつなぐ。前にスペイン語を習っていた先生が休暇で国に帰る際、エイミー、お土産《みやげ》何がいい？ と尋ねた。すかさず、楊枝!! と答えた私。先生、ずい分、変な顔をしていたっけ。あ、和菓子を食べる際の黒いままで整えられていない楊枝も良いね。ああいうのは、やはり黒文字と呼びたい。

　耳掻きや楊枝が苦手だからと言って、私は、別に先端恐怖症という訳ではない。注射も平気、焼鳥も大好物。昔、先端恐怖症なので、ペンが持てない、したがって原稿が書けん、とぶつくさおっしゃっていた作家の方がいらっしゃったが、宮本て……あ、もとい、その方も、もう手書きではなさそうだから大丈夫なのであろう……っていうか、私などより、はるかに沢山の仕事してらっしゃるし。

私は手書き。これまでに、ぺんてるのサインペンを何本使ったか解らない。ものすごく膨大な数だろうと思われる。いっとき、小説に相応《ふさわ》しいのは、手書きかワープロ書きかなどという論争があったが、くだらんことやってる、と馬鹿馬鹿しくなった。どっちでもいいじゃん、本人に合う方で。私自身は、この先もずっと手書きのままだと思う。だって、手書きの文字って恥しいじゃん。その恥しさって、私の小説には絶対に必要な気がする。だからと言って、ほれ、そこの素人さん、手書きの長編小説を私に送り付けて来ないように。もちろん、お手紙は何でも大歓迎！　ただし、男子からのラブレターは手書きに限る。

ラブレター!!　この古風な愛らしき愛情伝達手段よ。これまで、どれ程、書いたか解らないよ。代筆経験も数知れず。女シラノと呼ばれても良いくらい。成功率九〇パーセント。ラブレターの極意は、美辞麗句を避けること。使えないのではなく、あえて使わない。それには修業がいるのです。これは、小説にも言えるであろう。単純な言葉と、そぎ落とした末に出現するシンプルな言葉は、別物なのである。文学賞の選考委員を長年務めていると、そこを勘違いした新人の作品に出会うことは、しょっちゅうである。意味不明の長ったらしい比喩《ひゆ》を使っちゃったりしてさ。いかん、私は、今、特定の作家の例を出そうとしているな。

姪のかなは、私に、よく手紙を書いてくれる。おば馬鹿と呼ばれるのは百も承知なのだが、これが笑えてほろりと来てしまう文章なの。読むたびにじんわり温かい気持になる、のだが、この間もらったやつにはこうあった。

「エイミーも著名なんだから、いつまでも穴の開いたスパッツなんかはいてないで、さっさと捨てて新しいの買うこと！」

ぐっすん、そう、私は、家ではいっつもぼろぼろ。今も、穴の開いたセーター着てる。遊びに来る男友達に、うえー、ビンボくせーとか言われてる。そのたびに、私の思う貧乏臭さとは違うの！　と反論しているのだが。私の思う貧乏臭い格好は、お洒落《しゃれ》な部屋着スタイルってやつね。ごみ出しにも行けるパジャマ、とか。したまま外出も可能なドレスっぽいエプロンとか。ちなみに、私のエプロンは、踝《くるぶし》まであるプロのギャルソン仕様のものである（サロンという）。今度、プロのお母さん仕様の割烹《かっぽう》着《ぎ》を購入しようかと目論んでいる。ほら、まだディスカバージャパンブーム続いてるから。なんと、ちっちゃい炬燵《こたつ》も買っちゃったよ。その上に、イワタニのアモルフォを置いて鍋三昧。小鍋立てで蛤《はまぐり》なんかをつつきながら、さしつさされつ、池波正太郎先生ごっこに興じているのさ。正妻とはやれねえな、こんなこと、はっはっは……って、私、女だったっけ。しかも、一応、人妻。でも、いいの。炬燵は不可能を可能にする。こうなったら旦那《だんな》道を極めることにしよう（でも、死んでも膝枕で耳掻きされるのは嫌）。

　ところで話は変わるが、この間、男友達が暗い顔で我家にやって来た。何があったのかと尋ねると、一枚の紙を差し出した。そこには「正しい大便のとり方」とある。区が無料で受けさせてくれる健康診断を申し込みに行ったら、検便用のキットを渡されたのだそうだ。それを見て驚く私。今の検便って、昔と全然違うんですね。昔はプラスティック容器に便を入れて持って行ったのだ。そして、お若い皆さんには想像もつかないでしょうけど、そのもっと昔には、なんとマッチ箱に入れて持って行ったのだ。それに比べると、何と進化したことか。スティック状のものに便を付け検体袋に入れるだけ。イッツ　ソウ　イージー!!　子供の頃、水洗トイレも普及していなかった私たち。どれ程苦労したことか。我身を振り返ると涙が止まらない。

「楽勝じゃん、こんなの」

「そうなんだけどさ、その説明書見てるとやんなって来る」

　確かに。リアルなのである。スティックの使用前、使用後の写真が載っている。使用後には、それなりのものが付着している。うーん、別に写真でなくても良かったんじゃないのか？　おまけに、大便の絵が描いてあり、「まんべんなくこすりとる」の但し書きが。

「ねえねえ、まんべんなくだよ。横に点々付きのまんべんなくだからね」

「うー、なんか、おれ、出そうもない気する。まんべんって、便が満ちることなの？　おれ、そんなに、うんちない」

「自信持ちなよ。一寸のうんちにも五分の魂だよ」

男友達は、さらに表情を暗くして帰って行った。後で聞いたところによると、やはり、どうしても出なくて、翌日持って行ったという。あのー、やっと出ました、と告げる彼に、ナースさんたちは、盛大に喜んでくれたとか。良かったね。でも、まんべんは、満遍であって、満便じゃないからね。

昔、検便や検尿の回収のために保健係が教室内を巡回する時、美少女の提出するそれに誰もがさりげなく視線をやっていた。自分が注目されているのを知っている美少女の頬《ほお》は真っ赤になっていた。その様子を観察しながら、美少女であるのは得なことであるが、それが理由で自意識を発達させてしまうのは、生きにくいことであろうなあ、と子供心に思った私。男子に特別扱いされる女の子は、決して、男子と同等には扱われないのだと気付いた。ふむふむと腕組みをして、自分の思い付きに感心していた私は、なんとこまっしゃくれた女の子だったことだろう。そんなふうだったから、当然のごとく、女の子故の恩恵に与《あずか》ることなど、まったくないまま子供時代を過ごした。私は、小中高と、男子から「さん付け」で呼ばれたことがない。いつも呼び捨て。しかも、下の名前で呼び捨てにされる親しい女の子的な感じなどまるっきりない名字の呼び捨て。良かったのか悪かったのかは解らない。けれど、そうされるのを良しとする感覚を今でも引き摺《ず》っているのは確かである。

さて、結局、男友達の健康診断の結果は、すべて異常なし。検便で気弱になっていたことなど忘れたように、すこやかに日々を過ごし、皆に検便指南をして嫌がられている。あ、今、思い出した。別の男友達の話である。男三、四人で、排泄《はいせつ》に関する話題に興じていた時のこと。ひとりが言った。

「おれ、ここんとこ消化不良かも。固いものとか食うと、そのまんまの形で出て来ることある」

「全然普通だって。おれも良くある。コーンとかさあ」

「あ、おれも。エノキ茸《だけ》とかさあ」

「野菜系多いよな。コンニャクとかも」

「なー」

黙っていたひとりが、思い出したように口を開いた。

「あ、おれもあったわ。ラーメン食うと、そのまま出て来る」

彼以外の全員が顔を見合わせた。そして、心配そうに彼の顔を覗《のぞ》き込んで言った。

「おまえ……病院行った方がいいよ」

行った方がいいよな、やっぱ、おまえもそう思うべ？（国道十六号線弁）と電話して来たその男友達。私って、なーんか、男にいつも下半身の相談受けてる。しかも、リアクションを期待しての猥談でもないし、色っぽい話題でもない。まあ、人間の自然な営みですから、と心を広く持って対応しているのであるが……あー、そういや、その昔、同級生の男子の性病検査にもつき合ってやったこともあったっけ。クリニックを出て、うなだれる彼を、何故に、無関係の私が慰めなくてはならなかったのか。自業自得、とせせら笑うことも出来なかったよ。私は、きみたちの、いったい何なんです!?　と叫びたくなる時、私は、幼ない頃のあの検便の回収時に芽ばえた考察が、今も、まだ生きているのを感じてしまうのである。三つ子の魂、百まで？　でも、いいの。色気は自分の男のためにだけ使っているから。それ以外の部分は、男友達に存分に使ってもらおう。などと、おおらかな気持になっていたら、自分の恋人との赤裸々な日々を話したくてたまらない男友達（妻子持ち）から電話が。えーい、もうこうなったら、のろけでもうんちでも、どんと来ーい!!

と、やけっぱちの友情にかまけていたら、またもや恒例の朗読会の時期が来てしまったよ。そう、西荻窪 Konitz（ここで宣伝しているのにちっとも功を奏していない暇なジャズバー←―はからずも悠悠自適）で定期的に行われている奥泉光、ベース奏者吉野弘志さん、私の三人による行き当たりばったりライブである。今回は、お店の十周年記念ということで豪華ゲストに出演してもらった。一日目は、江國香織さん。前日まで三十九・五度の熱があったというのに、風邪《かぜ》を引いているなんて少しも感じさせない素敵な朗読を聞かせてくれた。そして、お客さんとして来てくれていた町田康くんと井上陽水が飛び入り参加で、なんとも良い味を出してくれた。町田くんのあのぼそぼそっとした語り口って、もう芸としてのひとつのジャンルを確立してる。陽水は……えーと、やっぱり陽水だった。あの人って、どこにいてもどんな場所にいても井上陽水なんだよなあ。マイペースを通り越して、ヒズ　オウン　ワールドをそれごと運んで来ると言いますか。もう知り合って二十年近くになるけど、ほんっと、変わんない。力の抜き方のプロって感じ。一緒にいると、こっちの力まで抜けて来て、あーふらふら。ともあれ、二人のひょうひょうとした殿方の思いも寄らぬ参加で、おおいに盛り上がった。

そして、二日目のゲストは、パーカッションの小山彰太さんといとうせいこうくん。

いとうくんは、何と浄瑠璃《じょうるり》。これが、もうすごい迫力で、どこかノスタルジーを漂わせた前日とはうって変わってファンキーな展開に。そして、ファンキーと言えば、あの人。日本が誇るファンキー大王、久保田利伸くんが飛び入りした。奥泉にメニュー渡されて、マティ〜〜ニ〜〜とか、アドリブで歌っていたよ。全員で重ねてセッションになった時は、会場の熱気も最高潮に。なんてゴージャスな二日間。いつも、色々な人々に助けてもらいながら、続けて来られたこの朗読会も、もうこれで七回目。お世話になった方々に、心からお礼を言いたい。しかし、久保田って、なんで、あんなにのりが良いんだか。お客さんが帰った後、残った数名でソウルクラシックをかけてもらい、トンネル作って、ソウルトレインごっこを延々とやってた。久保ちゃんは、店のはしからはしまで、ムーンウォークやってた。皆も真似して、深夜の西荻の片隅では、とてつもなくシュールな光景がくり広げ

山田製紙謹製

トイレの紙

少しくちゃくちゃにすると
ソフトな使用感が得られます。

無料サンプル

キリトリ線

肛門を当てる位置

©T.J.D.

られていたのであった。燃える杉並区の夜！　燃え過ぎて、皆、翌日から消息不明でした。ポンちゃんにとって、凍てつく季節は、almost burst out laughing with stimulant に駆け抜ける。ルー大柴のファンが集まる国はどーこだ？（答、ルーマニア　byまたもや最年少姪）。いいいいまんべんないい道まっしぐら。

変な生き物志願

ついに文明開化した我家!!　この間の炬燵《こたつ》に続いて、TVを購入したのである。これ、そこの諸君！　失笑したわね。でも、いいの。今、私のざんぎり頭を叩《たた》いてみ、確かに文明開化の音がする筈《はず》だよ。こうなったら牛鍋も食さなくてはならないわね。熱ポンの締め切りが近付くたびに「ええじゃないか」を高唱乱舞していた私は、既にこの日が来るのを予見していたんだと思うの。もう、宇都宮の実家で粗大ゴミ扱いされながら、TVの観だめをする必要もないかと思うと、感涙に堪えないことである。しかし。せっかくやって来たTVを観て、私が夢中になっているのは、ドラマでも映画でもない。ニュースですらない。私を首ったけにしているのは、ただひとつ。そんぽ24とかいう自動車保険のCMなのだ。アニメで三匹コアラが出て来て、みっなおそー、見直そう、そんぽ24で見直そう、と歌って踊る。そして突然黒い鼻をぱかっと外すと、それが携帯電話になり、あー、もしもし？　と話し始める。この時のコアラの表情と空いている方の手の格好が、もう……可愛くて……可愛くて……（今、うっとりと溜息《ためいき》ついてるの）。そのＣＭが流れているのを見ながら、コアラと同じように踊っていたら、遊びに来ていた男友達が、ああ……もうそこまで行っちゃったか……と溜息をついていたけど気にしない。せっかく買ったＴＶだけど、このＣＭを見たいためにスウィッチ　オンにしているようなものなの。いったい、どうして、あの水色のコアラが、こんなにも、私の心にヒットしてしまったのだろう。問題は、前ほど、このＣＭが流れなくなってしまったことだ。消えちゃったらどうしよう。そんぽ24さん、お願いです。あのコアラの灯を消さないで下さい。回数増やして、どんどん宣伝して下さい。自動車免許を持ってない私に宣伝しても、意味ないんだけどさ。

私は、ある種のＣＭを観るのが大好き。前にアメリカの夫の実家でＴＶを観ていたら、こんなのがあった。某ライトビールのＣＭである。

グローサリーに二人の若者が入って来て、レジにビールとトイレットペーパーのパックを置く。早く飲みてえなーとか言いながら、彼らは御機嫌で小銭ばかりのお金をレジカウンターに置く。すると、偏屈そうな店の主人が、じろりと彼らを見て、金、足りないよ、と言う。若者たちは、あー、すいませんと謝ってトイレットペーパーのロールを一個、元に戻す。主人は、まだ足りないよ、と二人を上目づかいで見る。トイレットペーパーは、また一個棚に戻される。若者たちは、まだ余裕。しかし、主人は、小銭を数えて、また言う。足りないよ。若者たちは、だんだんあせって行く。そのやり取りが何回かあって、彼らはとうとう最後に残った一個のトイレットペーパーとビールのどちらかを選ぶことをせまられる。逡巡した彼らのくだした結論、それは、トイレットペーパーを諦めること。ようやく主人は、OKを出し、ひと言。

“Paper or plastic?”

若者二人は、声を大にして同時に叫ぶ。

「ペーパー!!」

そして、ようやく支払いをすませ紙袋に入れられたビールを抱えて急ぎ足で立ち去る。その際、主人の手にしたレシートを引ったくるのも忘れない。

私は、このCMを観た時、引っくり返って笑った。それなのに、私の話を聞いた友人は、首を傾《かし》げて言った。

「どこがおもしろいの?」

ああ、そうなのか。彼女は、アメリカに行っても、グローサリーなんかで買い物しない人種だったのだ。レジで、商品を紙袋に入れますか、それともビニール袋?と尋ねられたことのない人だったのだ。確かに、ブランドショップに、そんな選択ないもんなあ、と思った私は説明した。しかし……それ以前の問題だったみたい。トイレットペーパーの必要にせまられていても、このビールの方が魅力的だった、というCMの主旨が、まるで解っていなかったのだ。あのごわごわした紙袋をトイレットペーパー代わりにするのか、おい、それに、そんな小さなレシートまで使おうってのか、そこまでして、そのビールが飲みたいのか、きみたち馬鹿すぎーっ、わははは……という笑いどころが理解出来なかった彼女。何故？　確かに、かなりとばしてるCMだったけど、私には最高に愉快だと感じられたのに。エイミーって、変なもんおかしがるよね、だって。そうなの？　あの水色のコアラに胸を熱くしてるのも、私だけなの？　あの変な生き物。

ところで、変な生き物と言えば、キンチャクガニである。この蟹《かに》は、いつも両手にイソギンチャクを付けて、チアリーダーのポンポンみたいに振りかざしているのである。『へんないきもの』（早川いくを著、バジリコ刊）という、これまた〈へんな〉本に載っていた。ここでは、すごーく変な生物（海中に棲む生物多し。本当に実在しているのだろうか）をイラスト付きで紹介しているのだが、文章が、ほんっとおかしい。たとえば、キンチャクガニの項を勝手に引用させていただくが、〈キンチャクガニ同士が顔付き合わせて、ボンボン《ママ》をリズムに合わせて左右に振っていることがある。先輩のチアリーダーが後輩に「クリスティ、そうじゃないわ、こうよ！」と指導しているのでは無論ない。これは縄張り意識の強いこのカニが、相手を領土から追い出そうと、イソギンチャクの武器で威嚇《いかく》し合っているのだ。
だが、お互いに手の内がばれている武器で威嚇しあっても何の意味があろうか。このカニは「道具を使う唯一の無脊椎動物」などとおだてられていい気になっているが、一向にそこに気づかぬあたりが甲殻類の限界というものであろう〉
甲殻類の限界と言われても……。他にもオオグチボヤとかボネリムシとか、聞いたことも見たこともない生命体が満載。サカサクラゲに至っては、何故か一緒に温泉マークや連れ込み宿のイラストまで付記されている、とんでもなく変で愉快な本である。意味のない物知りに昇格したような気持になり胸を張りたくなる（これこそ意味ないんだが）。
そう言えば、私は、学生時代、吉祥寺のぼろアパートに住んでいた。古過ぎるあまりに意図しないところで風情をかもし出してしまった建物であった。その部屋には、変な生き物が、あちこちに棲息《せいそく》していた。ある時、台所の隅に髪を縛る黒いゴムが落ちていた。あ、見あたらないと思っていたら、こんなところに、とつまみ上げたら、突如立ち上がって来て、私の指に絡み付いた。うひょーっ、思わず手をぶんぶん振って床に落とした。ゴムは、そのまま、にょろにょろと流し台の下に入って行った。二十センチはありそうななめくじが窓ガラスの外側に張り付いていたこともあった。恐いので放って置いたら、ガラスというガラスに這《は》った跡を残して消えていた。空飛ぶ巨大なゴキブリもいたし、食べ残したコーンフレークを出しっぱなしにしていたら、わらわらと動き始めたこともある。私の部屋は一階の角部屋で林に囲まれていた。そう、自然に恵まれた環境だったのね、ヤッホー（虚勢）。でも、一番恐しかったのは、引っ越した当日、作り付けのクロゼットの引き出しを開けて見つけた、ずらりと並んだ男物のソックスでしたわ。一足ずつ綺麗《きれい》に丸められていて、まるで色とりどりの稲荷寿しみたいだった。ぶるぶる。古い学校の教室みたいな板の間で、ちょっと森茉莉《まり》を気取れそうな部屋だったけど、未知との遭遇が多過ぎて、銀座でバイトして中目黒に逃げてしまったの。パンクなカップルがお向いに住んでいて、女の子、パンツ一枚で醬油借りに来るし、二階の酔っ払い学生は毎晩飲み会やってて、窓からおしっこするし。あら、春雨だわ、とロマンティックな気分になっていたら、その雨は闇夜の中でも黄金に輝いていた。ああ、学生時代！　もう二度と戻りたくないね。まあ角度を変えて見てみれば、やさぐれた『ハチミツとクローバー』と言えないこともないのだが（羽海野《うみの》チカさんのあの漫画の可愛らしさを否定出来る人なんていないだろう。大好きだ)。

話は変わるが、この間、作家の野中柊さんと熱海の温泉で対談した。何故、わざわざ熱海かって? それは、私のリクエスト。だって、風雲文庫に行ってみたかったんだもーん。そう『東京するめクラブ 地球のはぐれ方』(文藝春秋刊)で、村上春樹さんが〈カフカエスクな妄執の迷宮〉と書いた個人所有の博物館である。これが、すごいのなんのって……熱海の山の上にそびえる五重の塔。そこには、膨大な戦争コレクションが収められている。特に、第二次世界大戦のものと言ったら! 資料ではないのである。使用したものなのである。私たちは総勢六名だったから、最上階まで登れたけれども、二人だったとしたら二階より上には行けなかったかもしれない。ぼろぼろになった千人針の布を見ただけで引き返してしまったかもしれない。見学の終わるのを待っていてくれた運転手さんも、え!? 一番上まで登ったの? と酔狂な奴らだなあ、と言わんばかりに驚いていた。村上さんは、〈あなたの一部は、まだその妄執の迷宮の中に残され、そこにしっかりと閉じこめられているのかもしれない〉とお書きになっていたが、そうなのだ。私たち全員、心の中に風雲文庫のための場所を開けてしまったような気持で帰りの新幹線に乗り込んだのである。恐るべし! 風雲文庫! 管理している御婦人によると、昔は、戦争を体験したお年を召した人が多く訪れていたそうだが、近頃は、村上さんのエッセイの影響で足を運ぶ若い人が増えて来たとか（私たちも若い人の内に入っているみたい）。館内すべてを見て回って、コーヒーを御馳走《ごちそう》になった私たち。ティルームは絶景である。オーナーさんへの私たちの下世話な興味は、やんわりと遮《さえぎ》られ、ますます好奇心はかき立てられる。絶対、誰かをもう一度連れて来ずにはいられない。自分だけではこの重さを許容出来ない。風雲文庫は、見物者にそう感じさせる場所である。前に、島田雅彦と二人でロシアの軍事博物館を見て回ったことがあるが、あれよりはるかに小さく、そして、あれよりはるかに不穏な空気が漂っている。帰ったその晩、私は、自害する日本軍兵士の夢を見た。ああ。

そう言えば、熱海では対談後、明け方近くまでウノに興じていた。ここのところ、私たちの周囲では、またもやウノ熱が蔓延《まんえん》しているのである。数年前、私たちは自他共に認めるウノリストぶりを発揮していた。それぞれがウノネームを持っていた。ウノコ、ウノッチ、ウノハナ、などなど。私は、ウノミであった。人の話を額面通り受け取る素直なウノミ。しかし、私も、もういい年齢だ。酸《す》いも甘いも嚙《か》み分ける大人として、改名することを決意した。

「やっぱ宇野先生にあやかって、私、ウノチヨにする。皆も名前変えて、新しきウノ道に精進してはいかがかね」

「そうですねえ」

「じゃ、カンダウノ」

「ウノソウスケ」

「ウノジュウキチ」

「ウノコウジ」

「ウノメタカノメ」

「ウノコウゾウ」

「解りませーん、誰それ？」

ちなみに宇野弘蔵さんとは、岡山出身の経済学者である。この種のことをエスカレートさせて行くと止まらなくなる私たち。マニアックに走るきらいがあり、本来の趣旨から外れて行く。よって、却下。しかし、私のウノチヨは残してもよかろう。ウノの世界で『生きて行く私』。ふふ、などと言っていたら、いつのまにか負けていた私。やけくそになって、ペンネームを山田運知と改める破目になりかけた。レ点を打って、知を運用するの意に取ってはくれまいか。近頃、下半身ねたの多いこの熱ポン作者の面目躍如である。何だか『家畜人ヤプー』みたいな禁断のファンタジーが書けそうだ。

……しかしなあ、こういうこと言い合って喜んでるのって、ほとんど、小学生レベル。ウノチヨと聞いて、オクムラチヨとか言ってた人もいたけど、しり取りじゃないんだから。

さて、熱海の舌の根も乾かぬ内に、またもや温泉に行って来た私。やはり総勢六名。女子は、私ひとりである。私以外は初めての宿……の筈だったのだが、旅館の玄関先でひとりの男子が足を止めた。ああっと叫んでいる。

「おれ……ここ、来たことあった。七年前に女と来た」

女と来た、しかもたった七年前に来た場所を忘れているなんてことって、あるのだろうか。入口から玄関先までの、あの長ーい敷地を歩いていて気付かないなんて。

「たいまつ燃えてんの見て、急に、デジャブが……」

「良かったねー、一緒に来たの私たちでさー、新しい彼女と来て、いきなり思い出したりしなくて」

そこから、彼は、私たちにねちねちと嫌味を言われることになる。

「やだなー、部屋の露天風呂に、まだおまえの精液こびり付いてんじゃないかなー」

「七年も前ですよー」

「エイミー、決して、間違って風呂の水飲むんじゃねえぞ」

「合点承知之助」

などとからかって喜んでいたのだが、実は、私にも同じような経験がある。場所は南の島であったが、そこで知り合ったこれから恋の芽生えるであろう予感を抱いた男と海辺のレストランに入った。テーブルに着いて、皿に置かれた麻のナプキンの折り方を見て思い出したのだ。ここ、昔の男と来たことある！　内装が変わったので気が付かなかったのだ。しかも、とんでもないことに、ウエイターが私を覚えていたのだ。何故なら、それは、私の男だった人の知り合いだから。彼は、にこやかにオーダーを取りに来て言いました。まだ、マイルドセブンなんだ。連れの男には、前に来たことあるの、と言い訳しただけだったが、ウェイターの視線は冷たかった。ええ、そうですとも、あなたの友人をふったのはわたくしよ。恋に仁義なんてなし！　でも、恋人と来た温泉を忘れてるのは人の道から外れていると思うの。だって裸のおつ

き合いをする場所でしょ？　それも、お相撲を取るとかそんなんじゃない訳でしょ？ポンちゃんにとって、忘れがたい事柄は、I can touch them, even if I blow out the candles. 相撲と言えば、中学の時、東海大相模を「とうかいおおずもう」と読んだポンチな奴がいたよ。しかも野球部。

春は、Rhプラス B

沖縄帰りの私は、まだ社会復帰出来ずに、ぼーっとしたままである。今回も姪のかなと二人の珍道中。親友とその娘に会いに行って来たのである。ちなみに、娘のアリーシャとかなも親友同士。新旧の遊び人たちの集いとなった今回の休暇。泡盛とコカ・コーラで喋《しゃべ》り倒して来ました。そして、今、すっかり気が抜けて、かなと色付けしたシーサーをただながめるばかりの日々。頭の中では、まだ日出克《ひでかつ》の「ミルクムナリ」(ウチナンチュー言葉のラップっぽい曲。クラブで踊るのにぴったりだけど、残念ながら、私には歌詞の内容がさっぱり解りませーん)が鳴り響いているの。豆腐ようをつつきながら、いかに仕事を後回しにするかを算段するばかり。南の島に行くと、私は、いつも心を置いて来る。特に沖縄は、昔の思い出がいくつもあるので感慨深いのである。どこに出掛けるでもなく、ホテルの部屋から海をながめて、親友と過去を笑いとばしているだけで最高。彼女、ともえとは、ニューヨークでも同じことしてた。

ニュージャージーでも同じことしてた。もちろん、実家のある昭島市に彼女が里帰りした際も同じことしてる。飲んで、食べて、喋っているだけ。観光？　そんなものはいらんね。その土地の空気を感じているだけで充分。美浜のアメリカンヴィレッジ(沖縄のティーンネイジャーと基地の外人さんでにぎわうお台場みたいなとこ)に行った時も、レゲエバーに腰をすえて飲んでいただけ。子供たちは呆《あき》れて、ダンス喧嘩を見に行ってしまった。ダンス喧嘩と彼女たちが呼んでいるのは、ヒップホップのダンスバトルのこと。そこの広場では、プロ顔負けのパフォーマンスが行われていて、スカウトの人たちが目を光らせているとか。でも、遊び疲れた大人たちは、ただただ会話に夢中。だって、ダンス喧嘩なんて、私たち二十年以上も前にクリアしちゃってるもんね。そう、「ワイルドスタイル」や「ビートストリート」の頃のこと。ああ歴史はくり返される。日本人に浸透した分、小粒になっちゃってるけど。だいたい、東京の街のあちこちにある、あの小汚ない落書きって何？　やるんなら、ちゃんとグラフィティアートの域まで行って欲しい。タグ(アーティストネーム)すら、まともに描けないいんだから。本物のグラフィティアーティストの人たち、一緒にされてやだろうなあ。

さて、片時も離れようとしないかなとアリーシャは、友情の印にしようと、ホテル内のアクセサリーショップで見つけた認識票を買って来た。軍人が、もしもの際のために首に下げているプレートである。そこに打ち込む文字を考えて、もう一度持って行くと、オリジナルなペンダントにしてくれると言う。おそろいを作るべく部屋のテーブルで額をつき合わせて、あれこれと案を練る二人。しかし、認識票の意味がそもそも解っていない彼女たち。両方の名前を書いたきりアイデアに詰まって私たちに相談する。

「認識票って生年月日の他に何を打ってあったっけ？」と、ともえ。

「宗教、血液型」と、私。

「そっか、二人共、B型だから丁度良かったじゃん。ビー　ポジティヴって打てば一行ですむ」

大人たちの口出しに、アリーシャが怪訝《けげん》な表情を浮かべて、言った。

「前向きになれってこと？」

笑い転げる私たち。バイリンガルの彼女は、B positive と、Be positive を勘違いしたのだ。かなに至っては、何を言われたのかも解らない。ポジティヴは、確かに前向きの意味だが、血液型を表わす際、プラスの意味になる。つまり、いわゆるRhプラスB型のことですね。昔、TVドラマや少女漫画などで、Rhマイナスだから輸血が出来ない！　とか言って、主人公が危機に陥る場面が良くあったが、あれって本当なんだろうか。私の知っているアメリカ人にはマイナスの人が少なからずいたが、日本人はプラスばかりなのだろうか。

「ビー　ポジティヴ、前向きになれ。じゃ、Ｒｈマイナスの Ｂ だったら？」

「ビー　ネガティヴ、陰気になれ？」

「わははは」

いつまでもうけている大人たちを呆れたようにながめるかなとアリーシャ。結局、それに加えて、二人の生まれ年を表わす「since 1988」と打ってもらうことになった。一九八八年から人生が始まった、か。若いなあ。沖縄を発《た》つ日まで、ずっとその認識票は彼女たちの胸元で揺れていた。私たちも作っちゃう？　その提案の後に、どちらからともなく首を横に振る私とともえ。大人の友情は気恥しさと共にある。でも、でも、やっぱり作っちゃう？　往年のトリックスターの再会を祝して。

四人で鉄板焼屋さんで食事をしている最中に私が言った。

「エイミーときみのママは、昔、トリックスターって言われたんだよ」

「それどういう意味？」と、アリーシャ。

「やらせそうでやらせない可愛娘《かわいこ》ちゃん」

かなとアリーシャは、その言葉に大喜び。も、一回言って、も、一回言って、と何度もせがまれ、私は、やらせそうでやらせない可愛娘ちゃんというフレーズを何度も何度もくり返す破目に。そのたびに二人は大笑いする。ふと気付くと、目の前で焼いてくれているコックさんも下を向いて笑いをこらえているではないか。ともえがぽつりと言う。

「やらせなそうでやらせる可愛娘ちゃんとどっちが良かったんだろうか」

うーん、臨機応変が一番なのでは。以来、旅行中、トリックスターという言葉が大はやり。子供たち二人で撮ったプリクラにもその文字が。通りすがりの男の子たちを目で追いながら、トリックスターズなのに無視されてるよ、と笑われる大人二人。ええ、過去の栄光ですとも！　遠い過去のねっ！　こんなお馬鹿さんな会話を交わしながら、元トリックスターズと前向きになれガールズの休暇は、過ぎて行った。テーマソングは「白い蝶のサンバ」。カラオケで私が歌ったら、子供たちがすっかり気に入ってしまい、ホッホーというあいの手と共に合唱し続けていたのである。とても、伯母と姪、母と娘の組み合わせとは思えない四人組であった。

「うち、マジで沖縄、はまっちゃったよー」

と帰りたくなさそうにしていたかな。帰りの空港に向かうタクシーの中でも、ずっと、携帯電話を開いて、アリーシャの写真やムービーを見詰めていた。旅の感傷は、土地の人と共にあるということ。彼女は、私と旅をするたび、それを胸に刻み込んでいる。その様子を目の当りにする私は、自分がすれっからしになっちゃったなあ、とせつない気分になる。大人の余裕と引き替えにするものは沢山《たくさん》ある。昔に戻りたいとは、決して思わないけれど。

ところで、沖縄旅行のついでに、かなを送りがてら、宇都宮の実家に立ち寄って来た。そこでは、あるものが話題の中心になっていた。それは、大昔の句集。父が、まだ大学生の頃、兄や姉たちと開いた句会の記録である。時、昭和二十八年八月二十四日(月)。所、かわず庵、茶室。とあるが、どうやら父の長兄夫婦の茶の間らしい。なんと評者は末っ子の父である。すぐ上の伯父が見つけ出して送ってくれたものである。

「隆康（父）の負けん気と末っ子コンプレックス？　が横溢《おういつ》した才気迸《ほとばし》る句評が秀逸です」

と伯父の手紙が添えてある。どれどれと読んで見てびっくり。な、何て生意気な評者であろう。

「……けだし評者の作をのぞいては、今作句中、一番の秀逸。今後、新進作家たる氏の活躍に注目しよう」

評者って自分のことよね。新進作家と呼ばれてるの、すぐ上のお兄さんよね。

「……ただとりえは初老の氏の句にしては非常にロマンチックであるということ」

初老って……この時の一番上のお兄さんの年齢は三十九歳。父、二十一歳。いくら親子ぐらい年が離れているからって……。

「主婦の日常を表わしたものとしては好感が持てるが〝安物買いの……〟にならぬよう。(中略)女流俳人としての完成のためにもう二、三年の努力が肝要」

一番上のお兄さんの奥さん、つまり父の義理の姉の句に対するものだが、この人も親子ほど離れている筈《はず》。こまっしゃくれた小僧め、と父は思われたのではないか。すいません……って、私が謝ってどうする。もう、どれもこれも、こんな感じで一刀両断。それに比べて、評者自評は。

「初心者には理解しがたい名句」

「着眼が評者ならずばの感が深い」

「他の作者たちは、よく評者の句を熟読玩味《がんみ》し、自己の句と評者の句との相違を明瞭に認識し今後、句道に鋭意邁進《まいしん》せんことを希望する」

いい大人たちに、こんなこと言って強がってる学生さん。そして、それを寛容な気持で（推定）許している兄さん姉さん。山田家って、不思議なことだなあ、とつくづく思う。そして、そこはかとなくおかしい。夫婦を詠《よ》んだ句に「夫婦相和し、アジャー」とか評が付いてるし。父は、隆康先生とか自分のこと呼んでるし。そう言えば、父が、どこかに電話をかけている時、私が聞くともなしに聞いていたら、自分の名前を相手に伝えるのにこう説明していた。

「隆康の隆は、西郷隆盛の隆ですからね」

……なーんか大それていやしないか。若き日の句会以来続く三つ子の魂ってやつなのか。そして、それは、末っ子の小癪《こしゃく》魂のことなのか。それとも伯父の言うように末っ子コンプレックスなのか。そういや、この間、一番上の伯父の葬儀の席でも、末っ子扱いされていたっけ。振る舞い酒をがんがん飲んで負けん気発揮してたけど（例によって、ちびの頃に鉄棒から落ちて以来、神童から凡人に変化したという話）。いつだったか、父と伯父と私でタクシーに乗った時、兄弟は、どちらも料金を自分が支払うと言って譲らなかった。私は、そのやり取りを黙って聞いていたのだが、中々、終わらない。私、払っちゃおっかなーと思い始めたその時、父が伯父に言った。

「ほんと、いいから！　パパが払うから!!」

沈黙する伯父。助手席にいた私は、振り返って尋ねた。

「二人共、親子だったの？」

赤面して、しきりに照れる父。あれも、日頃から上に立ちたいと願って来た末っ子による失言だったのだろうか。でもねえ。

沖縄旅行に出発する際、私とかなは、早朝、東京駅で待ち合わせた。中央口で彼女を待っていると、なんと父も一緒ではないか。聞くと、新しくなってから見ていない羽田空港に行ってみたくてたまらなかったのだと言う。まあ、いいけど、と三人で着いた羽田で、父は、わくわくした心を抑えられないように、飛行機の発着の見える展望デッキに直行し、立ち去ろうとしないのだ。

「うわー、すごいね、あんな急な角度で飛行機、飛び立った。うわー、あっちにも、こっちにも！　あれは、ぐるんと回って北海道の方に行くね。あっちに旋回しているのは大阪行きだね。間違いない！」

その興奮ぶりは、まるで、飛行機に乗ったことも、見たこともない人みたい。私が呆気《あつけ》に取られていると、かなが、しみじみとした調子で呟《つぶや》いた。

「パパリンも男の子だったんだねえ……」

ようやくデッキを離れて、カフェに落ち着いた私たち。父は、御満悦の表情で、カフェ・ラテを啜《すす》りながら、言った。

「ママにも見せてあげたいねえ」

そうかなあ、あの人、飛行機の騒音とか大嫌いだと思うよ。あなたの末っ子男の子魂に付いて行けないと思うよ。父は、私たちを見送った後、美術館をいくつもはしごして、御機嫌で帰途に着いたそうである。老後は冒険がいいね、と母に伝えたとか。うーん、やっぱり、末っ子っぽーい。まあ、Rhプラス《前向きになれ》B型の老後は悪くない。（父はO型だけどね）

この間、復刻された大昔の漫画『アタックNo.1』を読んでいたら、「負けじ魂」という言葉を見つけた。負けじ魂!!　何十年ぶりだろう、そんなの使うの。私の小学校時代に一世を風靡《ふうび》したこの漫画、古い漫画にありがちな笑える言い回しに満ちている。

「けいべつするわ。努さん」

「ご、ごかいだよ」

「あなたは、いつも、ごかいだのさなだ虫だのとばかりいっているのね」

真面目《まじめ》なシーンである。ごかいって、確か、魚釣りの時のみみずみたいな餌《えさ》のことだよね。そうだ、孫娘との釣りを趣味にしている父にこのフレーズを教えてあげよう。負けじ魂旺盛な父のことですもの、きっと気のきいた応用編を必死に考えようとする筈よ！　鮎原さん。私も足の痛みになんか負けなくってよ！

と、言うのも。先日、渋谷のクラブのパーティにて、DJの男の子たちとはしゃいでいた私は段差を踏み外して、足首を捻挫《ねんざ》したのである。酔っ払っていたその夜は、なんとか歩けたのだが、翌朝は悲惨であった。おまけに、自分のコートの上に、誰かのコートを着て帰って来てしまったらしく、リビングの椅子《いす》には余分なのが一枚。あああ、これ！　誰のなんです？　ポール・スミスの男物なんですけど。電話で色々な人に確認しているのだが手掛りはゼロ。寒空にコートなしで帰った方、ごめんなさーい。そして、もし心当たりのある方は、小説新潮編集部まで御連絡下さい。三月十八日の7カラーズのパーティです。

酒の上での失敗。これは、山田家のDNAなのではないかと時々思う。伯父の通夜の日、私の従兄《いとこ》は、額に大きな四角いガーゼを貼り付けてやって来た。酔っ払って、駅で転んで救急車で運ばれたのだと言う。それです

んで良かったじゃん、と慰める私の言葉に頷《うなず》きながら、彼は、もう飲み始めていた。その横で、彼の母である私の伯母が冷たく言い放った。

「ほーんと、良かったこと。そのガーゼが三角だったら、この場に似合い過ぎだわ」

ぷっ。やっぱ、山田家って、おかしい。だから、酒飲みも、まっいっかー、と反省しなくなってしまうのかも。その席では、パパは飲み過ぎると、すぐに、おしっこしっこって言い出すから気をつけて、と父が母に諭《さと》されていた。それを聞いた伯父が助け舟出してたけど、やっぱり末っ子脱出ならずか。その夜、父と私という酔っ払い二人連れて、母は、平然とコンビニで朝ごはんを調達してた。母は強し!! ポンちゃんにとって、前向きになるのは、All the funky credit goes to my family. 沖縄のユビハブで私をつついて遊ぶ父って……。西郷隆盛の隆なのに。

往生際ユビハビスト

先月号で、「沖縄のユビハブで私をつついて遊ぶ父」と書いたところ、ユビハブとは何ぞやという御質問を少なからず受けた。そっか、知らない人多いよなー。今では、私の愛用グッズとなったユビハブ。実は、私も、初めて、沖縄の土産物屋で見た時、何のためにあるのか、さっぱり解らなかった。それは、わらみたいなもの（たぶん、砂糖きびの葉）で円錐形に編まれた物体。ちょうど指一本が入るようになっている。長さは、15センチから30センチぐらいまで各種ある。とりあえず、そこに指を差し込んでみた私。巨大な付け爪をしたようになる。別の指にも差し込んでみる。うーん、魔女になった気分。ほら、バリ島の民俗舞踊に出て来る魔女のランダみたいな。なんか、ラーマーヤナに参加出来そう。そう思った瞬間に腑《ふ》に落ちた。あー、そうか、これ、沖縄の民俗舞踊の時に使うんだ。十本全部の指にさしたら、さぞかし迫力出そうだもんなー、と頷《うなず》き、ちょっとそれふうにポーズを取って悦に入ったりしてみた（物陰で)。でも、まあ、私には猫に小判てとこね、と外して棚に戻そうとした……したのだが。あああああ、外れなーい!!　あせって引っ張る私。おおおお、抜けなーい。冷汗をかきながらユビハブと格闘する私(物陰で)。ようやく、すぽんと抜けたので、周囲をうかがい、目撃者のいないのを確かめ、安堵《あんど》して商品を戻し、そそくさと立ち去った私。夕方、遊びに来た沖縄在住の親友ともに言う。

「いやあ、ユビハブってのは、激しい振りにも耐えられるようしっかりと作ってあるものだね」

「振り？」

「……踊りの……」

「何言ってんのー!?　あれ、単なる悪戯《いたずら》グッズだよーっ？　指入れてみ、あ、やっぱ返してって言って意地悪するの。相手が抜けないユビハブにあせるのを見て喜ぶっていう、それだけの代物」

　そうだったのか……。すると、横から姪のかないが口を出した。

「エイミー、お土産屋さんの隅っこで、こっそりあせってたよね」

　見られてたのか……。ばつの悪い思いで、私は、即座に話題を変えた。しかし、ユビハブの存在は、私の心に影を落としたままであった。で、ずい分時間が過ぎた後、私は、ようやく、ともに打ち明ける。

「私、決めた」

「何を？」

「ユビハブ買う」

「……まだそのこと考えてたのー!?」

「ユビハブの恐怖を人々にも味わわせたい」

「でも、ひとりにつき一回しか有効じゃないんだよ？」

「ある人が友人に試して、そして試された友人がまた別の友人に試してってやって行くと、どんどんユビハブ被害人口が広がって行くじゃん。するといつしか、その人たちに連帯感が芽生えて団結するようになる。そこにユビハブ教とも呼べる負の信仰が生まれるのではないだろうか」

「……エイミーって、いつも自分勝手にエスカレートするよね」

ええ、そうですとも。妄執の世界に生きる物書き特有の習性よ。ユビハブ。指のハブ。今、調べたら、あの南国の蛇は「波布」もしくは「飯匙倩」と表記するようである。さっぱり読めないが、私は後者を選ぼうと思う。指飯匙倩教……うわ、おどろおどろしい！　その昔、吉利支丹《キリシタン》と呼ばれたキリスト教は、禁教後、鬼理死丹と記されたという。なーんか、ちょっと、それっぽーい。ミサの時、指にさしたユビハブをかざして、全員で、ペンライトみたいに振ったりしてさ。エロイムエッサイム……とか唱えたりして……ああっ!!　いつのまにか「悪魔くん」になってる!!　誰か止めてやってくれまいか。しかし、どんなに止められようとも、ユビハブは不滅である。姪のかなも、小指用の小さなそれを携帯ストラップにぶら下げている。神主さんの持ってる榊《さかき》の域にまで到達するのも遠い将来ではないかも知れぬ。その時こそ、ユビハビストとして名のりを上げようではないか……って、誰に言ってるのか解りませんね、すいません。

話は変わるが、ユビハブ同様、今、私が凝っているもの、それは、タバスコである。そう、日本人にお馴染《なじ》みのあの赤いホットソースのことよ。この間、うちの近所の外国食材豊富なスーパーをうろうろしていたら、いつのまにやら、タバスコの種類が増えていた。レギュラーの赤いやつの他に、緑のハラペーニョソースがあるのは知っていた。しかし、いつのまにか、ガーリックやスモークしたのや激辛のハバネロなども発売されていたとは!?　好奇心に駆られた私は、並んでいる全種類を買ってしまったの。で、日頃、ほとんど使わないタバスコであるのに、全種類テイスティングしてみた。どれも、まあ予想出来る味ではあったが、リアルスモークと表示してあるのを舌先に載せた瞬間、ああっ!!と思った。アメリカの田舎町のダイナーの料理に必ず使われている味だったのである。あのステーキソースやタコサラダのドレッシングの隠し味はこれだったのか!? 決して美味とは言えないけれど、私にとっての懐しい味。トラック野郎の隣のテーブルで食べる料理の味。ドライヴの途中、偶然立ち寄ったビーチパークの屋台の味。そうか、正体はこれだったのか。日本には絶対に存在しないと思い続けていた、安っぽくて郷愁に満ちた風味。それに気付いた瞬間、私の頭の中には、それまで行った数々の田舎町の記憶がフラッシュバックした。うわー、懐しい。A1ステーキソースにこれを混ぜて、焼き過ぎた肉にかけたら。そして、ベイクトポテトに山盛のサワークリーム、ベーコンビッツとチャイヴをかけてつけ合わせとする。さらに、くたくたに煮たブロッコリーに安チェダーチーズのソースをとろり。そして、白パンのロールに、紙に貼り付けた薄切りのマーガリン。飲み物は、ピッチャーになみなみと注いだドラフトビールで決まりだ。デザートは、山盛のピーチコブラー、ウエイトレスは、すすけた金髪のとうの立ったグラマー。その腕には、昔の男のタトウが彫られたままである。客であるおれさまが言う。よう、姉ちゃん、上がりは何時だい？ おれのメルセデスで送ってやるよ。そして窓越しに指差す。その指はもちろん親指で、その先にあるのは、古びたピックアップトラック。荷台には、脚立と古タイヤが乗っている……と、いう味なのである。ステレオタイプばんざい！　スモークトタバスコによって、かくも、私は幸せになれたのであった。

ところで、私は、アメリカで、あまりタバスコを見たことがない。ホットソースの種類は数多くあって、夫の実家でも彼と行ったレストランでも別の製造元のを使っていることが多かった。ピッツェリアでは、種ごとクラッシュした赤唐辛子を使っていた。地域によって違うものが売られているのかも、と思っていた。ところが、ある朝、夫と入ったダイナーで、彼は、当然のようにタバスコを要求し、スクランブルエッグに振りかけたのである。ここは、置いてありそうな雰囲気がした、などと言う。玉子料理にタバスコ？　おいしいのか、変な食べ方する奴《やつ》だ、と思っていたのだが、ある時、ＴＶドラマの「ＥＲ　緊急救命室」を観ていたら、グリーン先生が、やはり、スクランブルエッグに大量のタバスコをかけていた。おまけに、ルイス先生も、塩は体に悪いからタバスコだけにする、などと言っている。ごく一般的な食べ方なのだろうか。ちなみに、スクランブルエッグにケチャップをかけた私を見て、そういうの悪魔の玉子って呼ぶんだよ、と夫は言った。しかし、やがて、彼は、ケチャップとタバスコの両方をかけて舌鼓を打つようになった。と、またもやエスカレートして、タバスコごときから色々なことを思い出してしまっている。しかしなあ、台所に並んだタバスコの瓶をどうしよう。使い切れないよ、こんなに。開き直って、タバスカンへの道を進むべきだろうか(このタバスカンは、メキシカンとかプエルトリカンのニュアンスで読んでいただきたい)。あ、そういや、私の男友達で大のタバスコ好きがいたっけ。彼に引き取ってもらおう。日本人にはタバスコ好きが多い。だって、唐辛子と酢だけで、あの味作ってるなんて、すごいじゃんと彼は言っていた。御存じの方も多いと思うが、イタリアにはタバスコがない。日本人観光客がいつもタバスコを所望するので、あるレストランでは、日本式パスタという皿をメニューに載せたそうだ。それは、ゆで上げたパスタにタバスコをかけただけのもので、まったく人気が出ず、いつのまにか消滅したそうである。当然でしょう。あれは、最強の脇役《わきやく》のままでいるから価値がある。人間でもいるよね、そういうタイプ。そして、それは、私の最も好きな種類の人々。私としては、こそこそと、その人たちの風味を味わいながら、小説を書いて行きたいものである。小説家は、小説の舞台の上にはいない人であるべき、というのが私の持論。たとえ、「私」という主語を使ったとしても、それは、私という名の違う人。それは、私小説であっても変わらない。それを勘違いして、客観視のない「私の物語」を書く人のどれだけ多いことか。ううう、いちいち、それらに対して、けっ、と感じてしまう私は、どうやら選考委員を引き受け過ぎてしまったようね。いけない、これから不良定年をめざす心づもりであるのに。そう、嵐山光三郎さんの『不良定年』（新講社刊）を読んだばかりで、すっかり感化されているの。不良中年をすっとばして、不良定年が目標。でも、読んでみると、どうやら殿方にしか資格はないみたい。ぐっすん。気持だけでも、浮世の義理をすっとばした我道を行く、いけずなじいさんになってみようと思う。

ところで、この間、近所のラーメン屋さんで、TVを観ながら昼ごはんを食べていたら、トーク番組に村上龍さんが出演していた。ゲスト紹介に続いて登場する彼に、思わず拍手した私。一緒にいた友人が、もやしそばを啜《すす》りながら言った。

「なんか、髪形、変じゃね？」

「実は、今、私も思ってたんだよ」

何か中途半端なのである。伸び過ぎた髪を無理矢理ブロウして上げているような……。耳と衿足《えりあし》にも髪がかかっていて、昔のドイツ軍のヘルメットみたい。

「やっぱ、あのくらいの年齢の人って往生際悪いヘアカットしてるよなー」と、友人。

私と彼の間では「往生際の悪い」事柄に関する共通の価値観があるのである。

「○○さんも△△さんも××さんも、皆、そうじゃん。で、皆、同じくらいの年齢だよ。毛先でフリーダムを主張してんのかなあ」

などと、ぶつくさ言いながら食事を終えて、二人して家に戻ってTVを点《つ》けると、まだ続きをやっていたので観る。ふむふむ、髪形はどうあれ、龍ちゃん、良いこと言うじゃん、と頷いていたら、「村上龍さんに、メッセージ、御質問を」というテロップが流れた。咄嗟《とっさ》に何故《なぜ》そうしたのか解らないが、私は、慌てて、FAX番号をメモして、原稿用紙に書いたメッセージを局に送ってしまったのである。

「どうして、そんな髪形してるんですか？　もっと短い方が似合うよ！　山田詠美」

読まれるかなあ、読まれねえよ、NHKだもん、などと、話していたら、読まれてしまったのである。しかも、私の原稿用紙が大写しになっていた。

「ヤッホー、偉い!!　ラブ!!　NHK!!　受信料は、おれにまかせろ!!　エイミーの分まで払ったる!!」

と、大喜びの友人であったが、龍さんの苦々しい表情を見て、すぐさま、私は後悔したのであった。お友達なんですか？　というアナウンサーの問いには答えず、憮然《ぶぜん》とした様子で、「今度、髪、切ります」と言った龍さん。たわけたことしやがって、こっちは真面目にやってんのによー、というニュアンスが、言外に滲《にじ》んでいたような……。怒らせちゃったかなー、次の芥川賞の選考会で、こちらの御膳の料理一品、差し上げたら、丸く収まるかなー、などと気に病んでいたら、数日後、今度は、夜のニュース番組で彼を見た。ちょっぴり、髪が短くなっていた。でも、ちょっぴり。まだ、フリーダムは、はしっこに付いている。やっぱ、往生際、悪いかも。そういや、この間、西荻窪駅構内のアイリッシュパブで、編集者と待ち合わせをしていたら、近くのテーブルに作家の大崎善生さんがいらした。髪の毛が、うーんと伸びていて、ベッドインの頃のジョン・レノンになっていた。そう！　伸ばすのなら、あそこまで伸ばすべきであろう。しかし、あの長さにするまでには、さぞかし往生際の悪さを我慢する御苦労があったに違いない。うーむ、人様のことながら感に堪えないことである（余計なお世話でしょうけど）。

あ、唐突ですけど、作務衣《さむえ》って往生際悪いと思いません？　前に、作務衣って、なーんか苦手だなーと呟《つぶや》いた私に、奥泉光が、おおいに賛同した。

「ぼくも苦手なんだよ、作務衣っていうか、作務衣着てる人。あの人たちの価値観って共通したとこあると思わないか？」

「確固たる哲学あり過ぎみたいな？」

「だいたい蕎麦《そば》打ちに精進してたりすんだよなー」

「陶芸に身を捧げてたりもするよねー」

「オールバックにした長髪をひとつに結んでることも多々あるよ」

「独自の美意識を持っていると自負してるんだけどさー」

「皆、そうだから、全然独自じゃないんだよねー」

「ねー」

と、まあ意見の一致を見たのであるが、ずい分前のこの会話を思い出したのは、先に上げた『不良定年』で、嵐山さんも同じようなことをお書きになっていたからである。作務衣は胡散《うさん》臭いぞ！　和服なのか洋服なのかはっきりせんかい。この私の苛立《いらだ》ちのために愛用の作務衣を闇《やみ》に葬ったのは、西荻窪 Konitz（ここで宣伝しているのに、ちっとも功を奏さない暇なジャズバー）の主人である。彼の作務衣姿を見るたびに難癖をつけていた暇な作家（私）にうんざりして、とうとう脱いだ。以後、彼の作務衣姿は見ていない。シティボーイに生まれ変わ

ったのだ！　と得意気だが、シティボーイって……。死語？　ポンちゃんにとって、往生際とは、complete check-up 4 heartthrob. 龍さん、まさか着てないよねっ？

さっさか、ちゃっちゃな五月晴れ

自他共に認める横着者の私。日頃から横の物を縦にもしないことには自信がある。しかし、そういう殿様然とした態度もひとり暮らしでは誰にもアピール出来ず、自分に返って来るばかりなので、仕方なく、のろのろと立ち上がり片付け物などをしたりするのである。でも、すぐに嫌になって、途中で、日当りの良い場所を捜し、読みかけの本など開いてしまうのである。私に最も無縁な言葉、それは、「ちゃっちゃ」とか「さっさかさっさか」もしくは、「さくさく」などである。こういう女は、普通、正反対の几帳面《きちようめん》な男とお似合いのコンビになったりするものだが、私の場合、夫を始めとして、のんびりのほほん命の男としか付き合ったことがない。かくして、ひとりでいようと二人でいようと、怠け者人生は続く。

そんな私であるのに、先月の忙しさと言ったら！　この時ばかりは宗旨変えする滅多にない日々がやって来た。そう、新刊発売パブリシティ月間である。毎日のように続く、インタビュー、対談、そして、グランドフィナーレのサイン会ロード。ようやく一息ついた今でも、まだ人酔いでくらくらしている。山奥で狼に育てられた少女とかが、都会に引っ張り出された時って、こんな気分なのではなかろうか。これを機に、生活態度を改めるべきかもしれないと、つくづく思ってしまったよ。中央線だけで充足していてはいかーん。西荻窪で焼酎飲むのが、日々のスポットライトだなんて、悲し過ぎるのではないか。吉祥寺ロンロンのザ・ガーデンで食材を買うだけが唯一の贅沢だなんて慎ましいにも程があるだろう。たまに方角を変えて、三浦屋まで足を伸ばしちゃうもんね、と思いつく時に、そこはかとない喜びを感じてしまう私。もうちょっと、野心てもんが、野心ってもんが……これがないんだよなー、野心。あるとすれば、プロの味に近い料理を作ろう、とか、男の子をお布団の中で楽しませる手練手管を学ぼう、とか、次の小説には新しいアプローチで挑戦してみよう、とか、そのくらい。そして、それらは、全部、家の中で、まっとう出来る欲望なのである。この間も、遊びに来た男友達に言われちゃったよ。おまえって、とことん地味だよなーって。ええ、そうですとも。私は、知る人ぞ知る地味番長よ！　でも、やる時はやる！　読者諸君は、もうご存じね。私が派手になるのは、新刊が出た時だけ。だからこそ、とことん派手になってあげるわ！　待ってるのよっ!!

と、いう訳で、サイン会ツアーに行ってまいりました。今回は五箇所。いつも感じることだが、並んでくれる皆さんは、本当にお洒落《しゃれ》だ。それも、私の小説の性格故なのか、見事にストリートファッション。普段、あまり書店で見かけないタイプが多い。BLENDAとかWOOFIN'とか読んでそう。アフロヘアにカスタマイズされたスタッドには、種馬という意味もあって、精力絶倫な男を、しばしばそう呼んだりする。タッド（鋲《びょう》）を打った穴開きジーンズだったり。あ、今、唐突に思い出したが、スタッドには、種馬という意味もあって、精力絶倫な男を、しばしばそう呼んだりする。なんでだろ。鋲とセックスするのは、さぞかし痛いだろうに。昔、知り合いのアメリカ人の女の子たちの雑談に加わっていたら、スタッドと呼ばれている男の子の噂《うわさ》話になった。ひとりが彼と寝たというので、皆、興味津々でどうだったかを尋ねたら、絵を飾るのに使っておけばって感じ、と肩をすくめたので大笑いになった。どこの国でも、ガールズトークってのは一緒だなあ、とつくづく思ったものだ。女同士のセックスに関するお喋《しゃべ》りは、決して男たちの猥談《わいだん》のようにはならない。もっと具体的で、実用的で、恐ーいものである。ある時、私の男友達が周囲の女の子たちから嫌われている人物と関係を持った。その噂は、あっと言う間に広まり、彼は窮地に立たされたのであった。姉さん格の人がこう言ったのだ。あんたが何人と兄弟になったか教えてあげようか。あんな女とどうにかなるなんて最低！　となじられた彼は、私の家で、しゅんとするばかりであった。でも、でも、いっぱい兄弟を作ってくれる女って、いい女だと思うもん、とは彼の言葉だが、うーん、そういう考え方もあるのか。お尻《しり》は未知の世界でこそ軽くするべきだと思うのだが。女は、開拓精神を持つ尻軽には寛容だが、軒を借りて母屋《おもや》までとっちゃう図々しい尻軽は認めないのを彼に教えてやるべきであろう。ちなみに私は、自分を差し置いて、どんな場合でも、お尻の軽い男は嫌いである。しかし、私に対して軽いのは許すにやぶさかではない……って、単なる自分勝手ですね。

　さて、サイン会に並んでくれたお洒落部隊に負けないよう、ケイタマルヤマのドラゴンの刺繍《ししゅう》入りジャンパーを羽織った。彼のプレスルームで見てひと目惚《ぼ》れしたブルーのサテン。そこには、古式ゆかしいチャイニーズ風味が溢《あふ》れていた。彼の秋冬のテーマは、李香蘭なのだそうだ。それなのに、私が着ると何故《なぜ》か横須賀に。サイン会に遊びに来てくれた女性編集者に言う。

「私が着ると、なんだかスカジャンになっちゃうね。横須賀ドブ板通りって感じ？」

「ええっ!!　スカジャンて、そっから来てたんですか!?」

　ええ、そうですとも。今は、どうか知らないけれども、昔、私が遊んでいた頃、基地の前のその通りには、スカジャン屋さんがいくつもあって、オリジナルを作ってくれたものである。自分の名前はもちろん、彼氏の名前や、乗っている船の名前を刺繍してもらったものよ。それを着て、ドッグタグと呼ばれる認識票（もちろん彼の）をぶら下げれば、誰かの女の出来上がり。その人の船が出ちゃっている間は、別な男のタグをぶら下げてる強者《つわもの》もいたっけ。汐入《しおいり》駅前のサンタナで踊って、カスタムでプール（ビリヤードのことね）をして、スポンサーを見つけたら、軍人専用クラブ、アライアンスに入り込む、というのが正しい横須賀の夜だった。湾岸戦争という大事件（若いGIにとっても、私たちにとっても）が勃発するはるか昔のことである。あの頃の無邪気さから、今、どれ程遠いところに来てしまったことか。結婚して、基地が日常に組み込まれて以来、吉田ルイ子さんではないが、私にとってのアメリカは、アイ　ヘイト　バット　アイ　ラブの対象であり続けている。あ、プールという言葉で、またもやどうでも良いことを思い出してしまったが、英語の得意でない女友達を基地のクラブに連れて行った時のこと。彼女を必死に口説いていた男の子が、プールで遊ぶ（play pool）のは好きか、と尋ねた。彼女は満面の笑みで、イエースと答えた。隣にいた私は、へえ知らなかったなー、などと呑気《のんき》に聞いていた。翌日の約束をする彼ら。お邪魔にならぬようボーイフレンドと私は立ち去った。後に、どう進展したのかを尋ねると、彼女は大恥をかいたと言う。

「だってー、プールって言うから、スウィミングプールだと思うじゃん？　水着持ってっちゃったんだよー」

派手なビキニを持参して、これどーお、と見せたのだとか。分解したマイキューの入ったケースを手にしたまま、呆然《ぼうぜん》としていたという彼。思わず、吹き出してしまったよ。シューティング　プールと言えば、彼女も勘違いしなかったかも。日本にプールバーなんて代物の存在しない頃のことである。

話はサイン会に戻るが、本当に沢山《たくさん》の贈り物やお手紙を、今回もいただいた。ありがたき幸せをいつも嚙《か》み締めている。あちこちで料理の話をしたり、ここで書いたりしているせいか、食材や調理器具を贈ってくださる方が多かった。特に、塩!! 塩マニアの私でも見たこともないものが。パッケージを見ると、六億年前に結晶化したとある。本当なのか？　そんな昔に地球ってあったの？

「この岩塩には六億年の時間が封印されている……そう想《おも》うとなんだかわくわくしてくる」

そう書かれたラベルには、太古の衣装を身に着けた二人のお坊さんがラッパを吹いている写真が載っている。どう見てもチベットあたりの坊さんたちだけど、あのー、原産国、パキスタンってなってますよ。塩自体は美しいピンク色。よし！　真偽はともかく、私も、わくわくしながら使ってみようじゃないか。六億年前に思いを馳《は》せて……うう、馳せようもないのだが、微生物でも思い描いてみるとしよう。みじんこポンちゃん誕生だ！

地方のサイン会の夜の楽しみは、やはり、おいしいごはんとお酒である。いつも最終日となる博多には、大勢の人々が遊びに来てくれる。共通の知人の実家が料理屋さんなので、そこで、御馳走をいただくのが恒例なのだ。そして、博多と言えば屋台、その後は、私の部屋になだれ込む。サイン会に寄らないで宴会だけで帰る奴《やつ》、とか、チェックイン＆アウトのためにしか自分のホテルに戻らない奴、などもいる。要するに、ただの酔っ払いの集まりなのであるが、私としては、大事なことをやり終えた解放感でいっぱいの何もかもを許せてしまうような気分の夜。その日も、私たちは、愚連隊よろしく、ぞろぞろと屋台をめざす。既に出来上がっている者多し。

ようやく腰を落ち着けた屋台で、はしゃいで、お疲れさーんの大合唱をしていたら、そこの店主が言った。

「お客さんたち、東京からでしょ？　ちょっと、普通と雰囲気違うなーと思ってたんだけど、芸能界？」

「あーそうです、そうです」

と、大嘘《おおうそ》をついていたら、再び店主が言う。

「解ったーっ、お笑い系だ!!」

「あーそうです、そうです」

またもや大嘘。ついでに、誰かが調子に乗って、内の女性二人を指差す。

「彼女たち、第二のオセロとして売り出そうと、ぼくたちがんばってます！」

納得したように頷《うなず》く店主。

「大丈夫！　オーラ、あるよっ！」

……良かったね、お嬢さん方。店主さん、私のことなんて知っちゃあいないのね、オーラなし？　ええい、飲んでやる……と思った私以上に全員飲んだくれ、その屋台の焼酎を飲み尽くした。そして、場所は変わり、私の部屋は行き倒れた人々の溜《たま》り場と化した。おじさん二人が、寄り添って、私のベッドに寝ている様《さま》は、とてつもなくシュールだった。これを、博多、愛のおしとね事件と呼ぶ。残りの若者たちプラス私は床の上に車座になり、笑い転げていた。今思い出しても、何がそんなにおかしかったのか、ちーっとも思い出せないままである。酔いは、何故、人を別世界に連れて行くのか。これに関する考察は、私の人生の最大のライフワークとして、これからも続いて行くであろう……って、そんなこと考えてるぐらいなら、さっさと仕事しろって感じだが。

と、ここまで書いたところで日付は変わっている。昨夜は、この原稿を放り出して、島田雅彦とカラオケボックスに行っちゃった。彼は、イタリア語やスペイン語の辛気《しんき》臭ーい歌ばかり歌ってた。その昔、二十代だった頃、庄屋で突然シューベルトを歌い出した彼。ちっとも変わってないね。きっと、彼の目には、私もそう映っているのだろう。同じ頃にデビューした私たちは、二十年間、顔を合わせ続けて来てるので、互いの変化が解らない。周囲の人々には、年取ったなーと思われているのだろうが、私たちは、おかまいなしだ。昔と同じように、誉《ほ》め合ったり、けなし合ったり、じゃれ合ったりしている。恋の絡まない異性の友達は良いもんだ。それが二十年も続けば、もう、これは稀少価値というものだろう。大切にしたい。その思いからだろうか。私たちは、一緒に、タンバリン持って「ハイサイおじさん」を踊っていた。私が呼ぶところの文壇のプリンスと、彼の呼ぶところの文壇のビッチが、こんな場所で、友情を交歓しているとは！　日本文学の談合は、新宿歌舞伎町裏で、罪なくも馬鹿馬鹿しい形で行われているのであるよ。うえーん、サイン会で、感動の涙を流してくれた皆さんに、申し訳ないよー、二人でアニメソングも歌っちゃったしさー、「昭和枯れすすき」もデュエットしちゃったよー。昔、大のカラオケ嫌いだった私。もしかすると、その時、既に、このタガの外れ方を予見していたのかもしれない。その後、場所を変えて飲み直そうと、靖国通りをぐんぐん歩く私たち。二人でいると恐いもんなしの気持になって来るのも、友情の証明であろうか。でもなー、島田くん、私ら、もう四十半ばだよ？　いいのかなー、これで。私は、お着物を着て机の前に座る「女流作家」とやらには永遠になれないんだろうな。ま、読者の皆さんも、そんなのはなから期待してないだろうけれど。

ところで、この間、宅急便を運んでくれたお兄ちゃんが、私の顔を見て、くすくす笑っていた。寝起きで、ぼさぼさの髪のまま、ぼろぼろのアディダスを着ていた私に、彼は、ちらしのようなものを渡して言った。

「今、こういうサービスをやってるんです」

見ると、そこには、セレブなプレゼントサービス、と書いてある。

「……セレブ」

「そう、セレブです」

「あのー、私でもいいんでしょうか」

「お客様は、どなたもセレブです！」

「……こんな格好してんのに……」

「わはははは、ぼろは着てても心は錦です！　葉書に答え書いて投函して下さいね」

　そう言って、彼は、笑いながら去って行った。……心は錦……励まされたのだろうか。喜ぶべきなのだろうか。それにしても、ぼろをぼろと、はっきり口にするとは。何故だろう、その潔さに、私は感動を覚えてしまったのである。リアリズムの極致のような気がして来たのである。日頃、ああだこうだと言葉について画策している私は、そうでない人のこういう部分に、かなわないなあ、とひれ伏してしまうのである。

　また、この間は、こんなこともあった。買い物帰りに、私は自分の住むマンション脇《わき》の植え込みの陰で、おじさんが、まさに立ち小便をしようとする瞬間を目撃してしまったのである。あっと思った私が目をそらす前に、おじさんは気付いて言った。

「お姉さんに見られたら立っちゃうだろ！　立ったら、

しょんべん出なくなっちゃうだろ」

ごもっとも。私は、すみやかに、その場を立ち去り、マンションに駆け込みました。はたして、私は、自分ちの脇で不届きな行為に及んだおじさんに怒りを覚えたか。答えは否! これもまた究極のリアリズムとして私の胸に感動を呼びさましたのである。変? ポンちゃんにとってリアリズムとは、my brain wave caught people's "SAS-SAKA" の瞬間。植え込みは、その後枯れたけど。

梅雨時の内臓も、うまし

ははははは。またもや沖縄帰りですの。はははははは。脳みそが、すっかり豆腐ょう化してしまいましたの。ははは……って、馬鹿者になっている暇などないだろう。この原稿を待ち続けている担当編集者の姿を思い浮かべたことがあるのか。来週は、芥川賞の選考会。選考委員として、しゃんと背筋を伸ばしたらいかがかね。そう自分を叱咤《しった》する私であるが、帰って来た東京は、ただ今、梅雨《つゆ》の真っ最中。ただでさえ、南の島で発酵した脳みそが湿気を含んで、ハンバーグのつなぎに使う牛乳に浸した食パン（たとえがくどくてすまんね）みたいになっているのである。これではいかーん！　と喝を入れるために、笙野頼子さんの『徹底抗戦！　文士の森』（河出書房新社刊）を読んだ。はー、この時期に読むべき本だったのだろうか。我身の腑甲斐《ふがい》なさを改めて痛感してしまい、ただうなだれるばかりである。文学というものへの姿勢が、私など足許にも及ばないくらい真摯《しんし》なのである。真摯過ぎて恐《こわ》いぐらい。そして、恐過ぎるあまりに、おもしろ過ぎるのである。人は、自分の聖域を侵されたと感じた時に、ここまで、勤勉に過激に怒りをあらわにする情熱を保ち続けられるものだろうか。短距離走の速度で、長距離を走り抜くことが出来るものだろうか。そもそも、そんな確固たる聖域を持つ人がどのくらいいるだろうか。私の内にも、聖域らしきものはあるのだが、彼女のそれに比べると、都合に合わせて折りたたんでポケットにしまえる程度のものである。

文学。それは、ほとんどの人にとって日常語ではない。小説を読まない人には、それこそ無縁の言葉であろう。小説に携わっている人にとっても、気恥しさの伴う言葉。実際、小説の書き手の私ですら、口に出す際、ためらったこともある。けれど、この本における文学は、悪びれようのない存在としての文学なのだ。そこに人間がいる、という事実のように、そこに文学がいる、のである。思えば、揶揄《やゆ》の対象にされそうになっていた文学という代物を、きっちりあるべき場所に引き戻したのは、笙野さんの論争だったもんなあ。以来、私も茶化す方がかっちょ悪いよなーと感じて、文学をやっている自分を自然に受け止めるようになったんだっけ。文学とかやっちゃってて一という「とか」の部分が消えた訳だ。すると、文学は特別な用語ではなくなった。自分の内にしっかととりついているもの。たとえば、内臓と同じような。うーん、やっぱり、内臓を傷付けられたら声を上げるよな。あ、ちなみに英語では、内臓をガッツ(guts)と呼ぶ。日本語で言うところの、ガッツだぜ、とか、あいつガッツあるよな、の「ガッツ」である。日本語と少し違う使い方をするのは、人の好き嫌いを表わす時。あいつの根性、気に食わねー!! の時にも「ガッツ」を使う。I hate his guts. みたいに。私は、夫がこの言い回しを使うたびに、あいつの内臓、気に食わねー!! と心の中で翻訳してしまうの。そして、この本を読んだ時に思い浮かべたのも、そのフレーズなの。アイ　ヘイト　ヒズ　ガッツ!! ガッツを以てガッツを制す、とでも言いたくなるようなこの本で、我身のガッツの軟弱さを再認識している私。笙野さんのようになるのは到底無理なので、ずるっちく、ここぞと尻馬《しりうま》に乗り、エールを贈ってみよう。それにしても、笙野さんや高橋源一郎さんなんかが、文学という言葉を使う時に漂う潔さは真似出来ないな(ま、源一郎さんの場合、時々、ブンガクでもある訳ですが)。何だか、誇らしくなって来る……って、火事場の野次馬みたいなこと、こちらも言ってる場合じゃないんだが。しかし。

〈純文学とは何か、極私言語の戦闘的保持、書くことを前に進ませる意志と複数の基準を許す自由である〉

……って、ああ、沖縄で泡盛飲んだくれて、カチャーシー踊ってた私には、まぶし過ぎるーっ!!　私にも、戦う気概を……私にも、戦う気概を……駄目だ、私は『金《こん》毘《ぴ》羅』ではないからなー（ちなみに、彼女の『金毘羅』は、今、生きているどの作家にも書けない唯一無二の作品。ぶっとびます）。

ところで、話は唐突に変わりますが、皆さん、現在発売中の「文藝　秋号」を見てくれましたか。なんと、一六〇ページに及ぶ、私の大特集をやってくれているのです。その中に、三つの連続ロングインタビューというのがあるのだが、そのインタビューアーのひとりが、あの純愛小説家（自称）神崎京介くんなのだ（後二人は、島田雅彦と豊崎由美さん）。純文学の老舗《しにせ》文芸誌の「文藝」に京介は、なんとも不思議な組み合わせのようにも思えるけれど、実は、話してみればみるほど、彼って、純文畑に近いとこにいるんだよね。

〈**神崎**　純文っていうのは時に抗うっていう意識がすごくあって、自分を残すとか自分が何者であったかを書き記す意識がすごくあると思っていたんだけど、最近になってようやく、売れつづければ時に抗えるんだっていうことがわかってきたの。思いだけで時に抗おうとしてもしょうがなくて、読者から受け入れられるということも抗うことの一つなんだと思って。

山田　そりゃそうだよ。

神崎　それがわからなかったの、それがエンタテインメントの意味だって。〉

どちらがインタビューイなのか解らないようなこのやりとりの中に、非常に興味深い真実が含まれていると、私は思うのだ。キーワードは「抗う」。作家は、その人なりの場所で、その人なりに抗うことによって、ジャンルを切り開いて行くのよね。そこに出現するものが純文学であるか、エンタテインメントであるかは、作家の抗い方のスタイルによる。前に、エンタテインメントの作家たちが、純文学やってる人たちは偉そうだ、と座談会で気炎を上げていたことがあったが、解ってねえな、と思った。誰もあんたたちに対していばっちゃいねえよ。だって、自身の世界のために「抗う」ことで必死なんだから。あの人たちって、こういうことを考えもしないんだろうなあ。それこそ、文学なんて洒落臭《しゃらくさ》いと思っているんだろう。私自身は、純文学は最高のエンタテインメントであると信じて、どちらの世界に対しても抗い、そして、抗うこと自体を味方に付けたい。

この号の「文藝」は、写真満載で、エイミーズカフェの雑然としたキッチンまで写っている。我ながら散らかしてんなあ、と呆《あき》れてながめていたら、あの優れた精力剤、マカの瓶が。ひえー、私が飲んでるんじゃありませんよ。男友達が置いて行ったんざんすよ。あ、精力剤で思い出したが、沖縄で、勧められるままにハブの粉末を購入してしまった私。しかも、肝とペニス入りとパッケージに記されている。蛇にペニスなんてあるのか。姪《めい》のかなの横で、その言葉を口に出すのがはばかられたので尋ねられなかったんだよなー（って、姪連れで、そんなもん買うなって感じだが）。はたして、この粉末ハブ、誰を使って人体実験を試みるべきだろうか。最近、性欲ねー、とぼやいている男たちの顔を思い出してみる。うーん、あの人たちには、性欲なんかないままでいてもらった方が、世のためかもしんないなー。うちに来る時は、食欲だけを増進させていればよろしい。私が満たして差し上げよう。

　食欲！　この素晴しき欲望よ。最近、体調を崩した友人などを見ていると、食欲って基本だよなあ、とつくづく思う。ダイエットしなきゃなあ、といつも感じながらも、つい料理本を買って心ときめかせている私。駄目じゃんと気を引き締めたいところだが、ドラッグストアのダイエットコーナーにある食欲を抑える薬などを見ると、こんなの飲むくらいならでぶのままでいいやと思っちゃう。食欲のない人生って、どれほどつまんないことだろう。知り合いに、ものを食べずにお酒ばかり飲んでいる人がいる。食べられないのだそうだ。私の場合、食欲がないと、お酒もおいしく感じない。腹ぺこの時の食前酒ほど美味なるものが、この世にあるだろうか。満たされる確信をアルコールでじらすのは至福。そういう瞬間に居合わすことの出来る自分の環境に感謝したい。神さま、ありがとう、エイメン……あ、なるほど、夫の実家は、だから、いつも食前に祈る訳か。そして、キリストの血を啜《すす》る。私の実家では、ビール。いつも父は、午後になると、いそいそと冷蔵庫をチェックする。冷えたビールの数が足りないと大騒ぎである。帰省した私が、まだ明るい内から飲んでいたりすると、そわそわして、どうしようかなー、パパも飲んじゃおうかなー、などと、私に勧められるのを待っている。もちろん、私は、つまみの用意をするべく立ち上がる。食べものと飲みものは、人を幸せにする。けれど、当り前だと思っていたこのことが、家の外では必ずしもそうでない、と大人になってから知った。食べものが喉《のど》を通らない経験を自分もするのだ、と学んで行った。それを経てから、ますます呑気《のんき》な食欲は大切だと感じるようになった。ある編集者が言っていたっけ。女性の作家は、食べるの好きな人多いよねえ、そして、そういう人は、良い仕事を長く続けてる。そうなのか!?　私も、ただの食いしんぼのままで終わらないように、しっかりお仕事しなくては。実は、今、ひじきを戻している最中ですの。沖縄の炊きこみごはんのジューシーに挑戦するつもり。豚肉の出汁《だし》で炊いたとってもおいしいごはん。豚はえらいなー。私が豚肉を食べるたびに、お、自分食って痛くね？　とからかう男友達がいるが、放っておいてちょうだい!!　辛《から》いトマトソースで、ほろほろと崩れるまで煮込んだスペアリブを、さらにオーブンで焼いたエイミーズカフェ特製のバーベキューリブは素晴しい。そういや、昔、ボーイフレンドが、ホットヘッドチーズというチーズとは名ばかりの豚の耳をプレスしたハムを好んで食べていた。あれは、ソウルフードの一種だったんだろうか。ずい分前に、友人の家でTVを観たら、有名なおすもうさん（すいませんね、素人な書き方で）の婚約会見をやっていた。お相手はアメリカ人女性。記者が彼女に、得意料理を尋ねた。すると、彼女はひと言、「ハムです」。周囲から失笑が洩れた。その様子に、今度は、私と友人が失笑。知らないなー、この記者たち。もしかしたら、ハムを切るだけ？　そんなの料理じゃないだろうよ、と思ったのかもしれないが、違ーう!!　ハムは、りっぱなアメリカの家庭料理なのである。スーパーマーケットには、ローストターキーやローストビーフ同様、祝日の御馳走《ごちそう》なのである。既に半加工されたそれに、その家の独自レシピで、ハム用の大きな塊《かたまり》肉が売られている。既に半加工されたそれに、その家の独自レシピで、オリジナルなハムを焼き上げるのである。塩やスパイスをすり込み、肉に丁字《ちょうじ》を刺したり、家によって作り方は違うが、どこで御馳走になっても、それなりに美味である。この場合、脂が抜けてぱさつき加減の肉が、かえって旨味《うまみ》を凝縮させていて、噛《か》めば噛むほど味わい深く口の中でほぐれる。あ、脂で思い出したが、この間、男友達が某バーで、船戸与一氏に会ったと話していた。私も彼も、たびたび、そこで、船戸のおっちゃんに遭遇するのだが。

「ひでえんだぜ。おれの顔を見るなり、おい、アル中！　こっち来んかい！　って呼ぶの。もう更生してんのに、名前の代わりに、アル中連発するから聞いてやった」

「何て？」

「船戸さん、あんた、体でやばいとこないの？　って。そしたら、うーん、わしの場合、脂肪かなあ、って言うから、今度、おれのことアル中って呼んだら、あんたのこと脂肪って呼ぶからねって言ってやった」

それを聞いた船戸のおっちゃんは、ぎゃはははは、と笑って、一向に意に介さなかったそうである。やだなー、こんどあのバーに行ったら、あの二人、アル中！　脂肪！　って呼び合ってんのかなあ。もうちょっと、シックにお酒飲めないものかなあ。あの二人にはさまれて飲んでると、私も、おやじの一員みたいに思われてるのは確実なのである。いつのまにか、笑い方も、ぎゃははは、になってるし……と、それはともかく豚肉だ。私は、焼いた豚足が大好き。しみじみとしたパリの場末の味がする。あ、またやなこと思い出した。私は、短パンやミニスカートを素足ではくのが好きなので、夏になると、バルコニーのデッキチェアの上で、足だけ陽《ひ》に灼《や》こうとする。ある時、その現場を目撃した男友達が言った。

「おう、豚足焼いてんじゃねえよ。やっぱ、豚足は、ゆでて酢味噌《すみそ》だろ?」

ち、解ったよ。味噌、塗りたくってやるよ、と、不貞腐《ふてくさ》れた私であった。でも、焦げ目に味噌もおいしいものよ。私の幼ない頃、火傷《やけど》をすると、何故か母が味噌を塗ってくれた。これでお熱を取るのよ、と言っていたけれど本当なのだろうか。火傷の箇所に載せられた味噌は、効果のほどが知れる前に、私に舐《な》められてしまうのが常であったが。あれは何か、禁断の味がしたたな。子供心に、はかない幸せの旨味を感じて泣きたくなったものだ。小さな頃の素人療法には、どれも、そんなふうな味があった。荒れた唇に塗られたはちみつとか。風邪《かぜ》ひいた時に飲まされた梅干しとねぎに熱湯を注いだ飲み物とか。どれも、人の思いやりによってほどこされたものだからかもしれない。しかし、いただけないものもあった。ある日、歯が痛いと訴えた私に、祖母が、チューイングガムを渡したのだ。痛い方の歯で噛《か》んでいると虫歯の虫がガムに全部くっ付いて来て治ってしまうのよ。言われた私は、その通りにした。当然のことながら虫歯は悪化し、私は、歯医者送りとなったのである。あれは、何だったんだろう。祖母はどういうつもりだったんだろう。本当に虫歯の虫の存在を信じていたのか。それとも、聞きわけのない孫に制裁を加えたかったのか。当然、前者であろう……と思いたい。ともあれ、豚肉ばんざい、である。脈絡なくてごめんなさいなんだが。でも、私の足に、もう味噌などいらん。沖縄の海と陽ざしにさらされた私の足は、スーチカ（塩漬けの豚バラ肉。火を通さずにスライスして食す。美味）になっていると思うの。誰か、お早目に注文してちょうだいっ!! 限定二切れよ!! 何だったら、私のガッツもお付けするわ。時々、腐ってるけど。時々、だらけて失速してるけど。

今月、姪のかなは、留学のためシアトルへと旅立つ。よって、家族全員が、何となく寂しい気持を抱えているのだが、当の本人は、イチローの虎の威を借りて、土地に溶け込む心づもりらしい。このちゃっかりしたガッツは伯母ゆずりなのか。ポンちゃんにとって、ガッツポーズは intensive study 4 my heart beating の結果。父が自分に効く素人療法は、母のおならだと語る（変!!）。

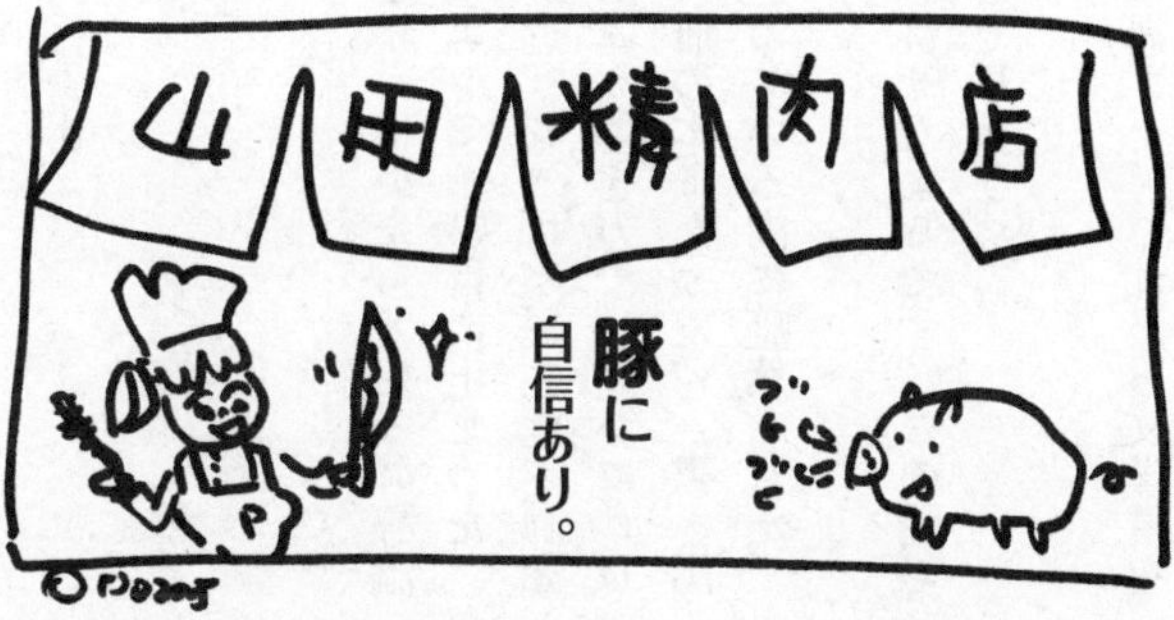

真夏の唖然事態発生

この間、朝日新聞社から出ている小冊子「一冊の本」を読んでいたら、ジャズ評論家の寺島靖国という人による「わたしの流儀」という連載エッセイが目に止まった。それには「普通くさい人を」という副題が付いている。最近、ジャズが民主化され始めて、自分の店に集まる若手ジャズファンも、評論家とは違う書き方で、いかにCDを楽しんでいるかという内容をまとめて、なんとそれが一冊の本になった、と書き出している。ふむふむ、そりゃ結構なことですな、と読み進めている内に唖然《あぜん》とした。勝手に引用させてもらうが。

〈ひるがえって本の世界です。ここにも民主化の波は押し寄せたようです。この間の朝日の一面の記事。本を読む人で驚かなかった人はいないでしょう。

『文学賞異変——審査員から作家外し』

もう大作家の名前で本を売る時代ではない。権威の時は過ぎた。これから文学賞を決めるのは歌手や書店員、そして普通の読者だと言うのです。
権威の大嫌いな私は実に嬉しくなりました。そして考えました。ここまで来たのならもう一歩進めて欲しい。書評です。書評からも権威を追放してもらいたい〉
ああああ。いくつかの文学賞の選考委員を誠実に務めようとしている身としては、こういう文章に出会うと、ほんっと、脱力しちゃうんだよねー。この人って、何様？ 権威と権威的の違い、解っているの？ 書評と批評を同じだと思っているの？ この朝日の記事も、まったく解ってないよ。お宅で、確か、朝日新人文学賞ってのやってたよね。で、それは確か、優れた作家や批評家が選考していた筈《はず》だけど？「優れた」。それは、どういう意味か。それは、権威的であるという意味ではない。プロフェッショナルのことである。書店員が、より多くの人々に読んでもらいたいという熱意から本屋大賞を作るのは、もちろん素敵なことだ。歌手や読者がどこかの作家に文学賞を授けるのも勝手だろう。しかし、それと、プロの物書きが授賞作を選考するのは、まったく別なことなのである。現場の目利きが選ぶということは、選考する側も試されるということ。そこに匿名性の持つ責任回避の余地はない。皆、自分の名前で体張ってる個人商店なのである。〈民主化〉とは、どういうことなのか。多数決ということか。だとしたら、私の選考のやり方は、民主化とはほど遠い。私は、誰がどのようにひとつの候補作品をけなそうとも、自分が素晴しいと思ったら、駄々をこねても推し通すね。味方がひとりもいなくても戦うね。そして、その結果がどうであれ、その作品を推したということに責任を持つ。書き手として、読み手としてプロだと思っているから。その作品が、私の選評によって、より多くの人々の目に触れることを願うから。

私の物書きとしてのキャリアは、新人賞を受賞した時から始まった。文藝賞受賞の知らせを聞いた時、今までたまりにたまったマイナスのカードが、すべてプラスに変わったような、あの目の前がいっきに開けた瞬間を良く覚えている。私は、あの時の選考委員の方たちに、確固とした希望を与えられたのである。当時の選考委員は、江藤淳氏、河野多恵子氏、野間宏氏、小島信夫氏。嬉しかった。この人たちに選ばれたなんて、と光栄のあまりにくらくらした。それは、彼らが、権威的な作家だったからではない。現役のプロフェッショナルだったからである。ただし、彼らは権威的ではは決してないけれども、権威ではある。そして、私は、仕事の実績に裏付けされた権威をクールだと思うものである。プロに対する敬意を、もう少し払ってみたらいかがかね。それが出来ないというなら、朝日新聞社は、即刻、「小説トリッパー」でやっている新人賞を、全部読者の手にゆだねたまえ。

〈楽しい本を選び出すのに学者先生は不適当でしょう。学者先生は職業柄ご自分を立派に見せなくてはいけませんからどうしても難解な本をチョイスすることになる。パージして下さい。(以下略)〉

この筆者は、自分の興味のない本を他人が興味を持つこともあるとは思わないのだろうか。「楽しい」ということが、人によって異なるとは想像出来ないのだろうか。しかも、パージして下さいって……誰がパージするの？　それって、多数決の一番恐しい弊害を誘発するような気がするけれど？　あなたは、いったい、どうして、そんなにも偉いの？

寺島氏は、こう結んでいる。

〈(――略)ミュージシャンの早川義夫さん、岡崎武志さん、亀和田武さんみたいな普通くさい人をどんどん重用して下さい。

待ってます〉

誰に頼んでいるのだろうか。それより、〈普通くさい〉と「普通」は、どう違うのだろうか。名前を上げられた人は〈普通くさい〉と呼ばれて嬉しいのだろうか。普通くさい……つまり、普通の匂いがありながら、普通ではない人のことよね。たぶん、御自分もそうなんでしょうね。でも、普通の振りして、普通ではないのを自認するって、〈権威の大嫌いな私〉が〈パージして下さい〉と言ってしまうのと、とてつもなく似ているような気がするんですけど。そういや、大学時代、吉祥寺に住んでいた私は、寺島氏の経営する店、すべてに通ったっけ（特にボニー アンド クライドが好きだった）。しかし、ある店で、ある曲について尋ねたら、素人はすっこんでろ、みたいな応対をされたことがあって、おおせの通りすっこみました。人は年月を経て変わるものだなあ、と思うべきなのか、それとも、年月を経ても変わらないものだなあ、と感心するべきなのか。ともあれ、おもしろいもん読ませていただきました。しかしながら、これだけは言っておく。私は、最も権威的であると勘違いされがちな芥川賞の選考委員を数年前から務めている。末席にいて知るのは、そこに権威を振りかざす人など誰ひとりいないことである。権威的であるために引き受けるには、その労力は、あまりにも大き過ぎる。つまり、そんなちゃちなもんのために選考委員なんてやってらんないってことね。作家をなめるのもたいがいにあそばせ。作家のことなんて知らねえよ、という言い訳は通じませんの。作家と同じテリトリーに文章載せてるんだから。

　小説を本業としていない人の書く文章には優れたものが数多くある。その人が、自分の道を極めていれば、なおさらだ。そこには、門外の自分に対する含羞《がんしゅう》があるからだ。含羞とは何か。品格のことである。ところが、作家、学者を乱暴にひとまとめにしてパージしろ、という無責任さには品性の欠片《かけら》もない。どうせなら実名を上げて批判しなさい。それが正しいと思えば応援してあげるから。同じ誌面で連載している金井美恵子さんの爪《つめ》の垢《あか》でも煎じて飲んでみてはどうかね。あ、それより、先月ここで私が紹介した笙野頼子さんの『徹底抗戦！ 文士の森』（河出書房新社刊）を読んでみることをお勧めする。言葉をなりわいとして、それに命かけてる人間が他者を批判するというのは、ああいうことなのだよ。

ふう。ここまで書いて来て、こういうのを徒労と呼ぶのではないかと感じて、再び脱力している。しかし、青春を謳歌する夏（死語ですが）。気を取り直すべく、浴衣《ゆかた》を着て、近所の商店街の盆踊りに行って来た。冷やかし半分だったのだが、ながめていたら、どうしても踊りたくなり、目立たないように踊りの輪に加わった。もちろん見よう見真似。前の人が振り付けを間違えると、私も間違えるという堂々たるコピーぶりである。でも、私もなかなかさまになってんじゃーん、と思い始めて得意になっていると、知り合いのバーの店主が、今にも笑い出しそうにこちらを見ていた。途端に恥しくなり輪から抜ける私。

「まさか、ひとりで踊ってるとはなー」

「祭りのさなかの孤独を味わってたのっ！」

「孤独なら、うち来て飲めよー」

と、いう訳で、そのままバーのカウンターに移動し、二杯三杯とグラスを傾ける内に眠くなり、いつのまにか今度はテーブル席の前の長椅子《ながいす》に引き寄せられ、熟睡。目覚めたのは三時間後で当然客はひとりも残っていなかった。店主が暗ーい声で言う。

「浴衣着て爆睡するなよ……」

死体を隠すかのように、頭からタオルケットをかけられていた私。ぐっすん、もう浴衣なんて着ない……じゃないだろう……その前に飲み屋で寝るのを止めたらどうだろう。でも、仕方がないの。昨夜、『震度0《ゼロ》』（横山秀夫著、朝日新聞社刊）を読み始めたら止められなくなり、ほとんど徹夜してしまったんですもの。読み終えた後も、映画化された時のキャストを考えていたら眠れなくなってしまったんですもの。にわかキャスティングディレクターになった私は、とても冴《さ》えていた。と、いうのも、将来の警察庁長官候補であるキャリア組のトップである冬木優一に、『サンクチュアリ』の浅見を抜擢したのである。漫画を読まない人にはごめんなさいなのだが、『サンクチュアリ』は、池上遼一による傑作劇画であり、同時に、ヤクザの総長が政治家に立候補するありえないポンチな物語なのである。ここには、警察と暴力団と政治家による男の世界が広がっていて、私と女友達は一時夢中になった。ちなみに浅見は、裏社会を牛耳《ぎゅうじ》ろうとする主人公、北条の親友で表の世界のトップを取ってやると政治家をめざす男。二人は、幼ない頃、共にカンボジアでこの世の地獄を見て来た者同士。登場人物の誰が好みかで、私たちは、おおいに盛り上がった。ちなみに、私は、断然浅見派。えー、私は、チャイニーズマフィアの黄がいいー。嘘《うそ》っ、私は警部のね……などと盛り上がっている時、ひとりの女が言った。

「私には、渡海しかいないでしょう」

……渡海とは、女と見れば、即、トイレに連れ込んで強姦《ごうかん》しちゃう動物男なのだが。ワイルドを通り越したただのビーストなのだが。人の好みとは計りしれないものである。それはともかく、警察小説ってどうしてこんなにおもしろいんだろう。もう死んじゃったけど、私とおとうとは警察を舞台にした小説を読むたびに、感想を話し合って飽きることがなかった。彼は、捜査一課の刑事だった。三十三歳で、彼がいなくなってから早や七年。今でも、新しい警察小説を読むと、あいつだったら何て言うかな、としみじみ思う。なーんてこと書くと、またどっかの団塊オヤジみたいのが、警察権力云々《うんぬん》と持ち出しそうだが、彼には、そういうものがみじんもなかった。靴の底が、いつもすり減っていた。先に書いた寺島某なんぞは、靴底の減り具合に目を止めたりすることなど、たぶん永遠にないのだろう。

　それにしても、ここのところ徹夜本が続いている。読みかけた本を閉じることが出来ないためにかかる不眠症ほど幸せな病があるだろうか……と、ここまで書いて、もうひとつあることに気付きました。そう、恋、ですね。しかし、熱帯夜続きの猛暑ですもの。殿方の肌よりも、本のカバーの方が、ひんやりして心地良いと思うの。

　さて、もうひとつの徹夜本は『東京タワー　オカンとボクと、時々、オトン』（リリー・フランキー著、扶桑社刊）である。好きだなあ、この本。はっきり言って、小説としての文章のつたなさは、あちこちに見え隠れする。けれども、そのつたなさが全然悪い方向に働いていないのである。ほら、美辞麗句を並べたラブレターより、朴《ぼく》訥《とつ》な思いの告白の方が、はるかに心をゆさぶるということってあるじゃない？　そういうつたなさなのである。何しろ感心したのは、この作者には、もう既に完成された作家の視線があるということである。そして、無意識の内に、確固たる自分の価値観を提示するという、小説を書くことにおいての最も基本的な作法を習得しているということ。私は、この作者の本を初めて読んだのだが、もう、驚いちゃったよ。時々、漫画や映画を堪能した後、ああ、これは小説には出来ない芸当だよなーと感服することがあるが、この作品の場合は「文章でしか出来ないもの」の気配を感じて嬉しくなってしまったのである。

この間の芥川賞の選評で「近頃、妙齢の男子の書いた『オカン』の小説が増えている」と私は書いた。実際、候補作の中にも、いくつかそういうものがあった。でも、本当は、字数制限がなかったら、こう続けたかったんだよなー。そのほとんどは失敗作である。ただし、リリー・フランキーのを除いて（選考会では、実際にそう発言した）。

泣ける小説（いい加減にしてくれよ）が大はやりの昨今。これは、泣ける小説ではない。不覚にも涙を落とす小説である。不覚にも、とはどういうことか。自分のつたなさを思い知ることである。自分の繊細さに恍惚《こうこつ》となる泣ける小説とやらとは、レベルが違うのである。自分のつたなさを思い知ることでしか味わうことの出来ない苦い美味がそこにある。はたして、その真の味に到達出来る読者はどのくらいいるか。泣いたからって、「泣け

る小説」の類《たぐい》に、この作品入れないで下さいよっ!!　下半期泣ける小説ベストテンなんかにのっけないで下さいよっ!!「ダ・ヴィンチ」の横ちゃん（バレリーナをめざす雑誌編集長〈男子〉）、頼んだよっ!!

ところで、TVがやって来て文明開化した我家は、ひところの狂乱も過ぎ、ようやく落ち着いて来た。買った当初は、数年の遅れを取り戻そうと、番組表を熟読してたもんなあ。で、それだけで満足したりして（意味なし）。今、定期的に観ているTVドラマが三つある。どれも、ケーブルTVの放映なのだが、「ERⅡ」と「シックス・フィート・アンダー」、そして、ふふふこれが一番、「もう誰も愛さない」なのである。お若い皆さんは御存じなかろう。十年以上前（?）に大ブームを巻き起こした元祖ジェットコースタードラマなのである。あまりの突飛な展開と大袈裟《おおげさ》な演技に笑って良いのか真剣になるべきなのか、視聴者の判断力を失なわせた恐るべきドラマであった。実は、昔、学者の中沢新一さんと対談集を出した時、ひとつの回を丸々、このドラマのために費しているのである。吉田栄作はいつも叫んでいるし、山口智子はいつも他人を平手打ちしている。そして、「はなまるマーケット」で主婦の友となった薬丸くん（下の名前知らない）が、どん底の汚れ役なのである。汚れ過ぎてて、ほとんど「男たちの挽歌」で泥と血まみれになってた頃のレスリー・チャンに見える。

そして何よりの見どころは、登場人物全員が見事な「かみしも」を……じゃなかった、巨大な肩パッドで武装しているのである。さあ、若者よ、観て唖然としたまえ。唖然。それは、ポンちゃんにとって、certification of the cute (or ugly) accident. すべてを失いたった一枚の一万円紙幣を握り締めて死ぬ栄作。そこに私の顔が印刷されるまで待ってて欲しかった(権威的?)。

悩める悩ましい晩夏

蝶《ちょう》がいた！　しかも、うちの玄関前を根城にして飛び回っているのである。黄土色の得体の知れない蝶々。揚羽《あげは》よりひとまわり小さいくらいの大きさ。朝、ごみを出しに行こうとしてドアを開けたら、ぱたぱたと飛んで来たのである。悲鳴を上げて、慌ててドアを閉める私。間一髪で室内への侵入は防ぐことが出来たものの、その日、外に出ることが出来なくなってしまった。そおっとドアを開けて様子をうかがうたびに、飛び回るのである。そんな時に限って、宅急便が届き、もうパニック状態である。悲鳴を上げながら印鑑を渡す私を苦笑して見つめていた配達員のお兄さん。死ぬ程、蝶々が苦手なんです、と怯《おび》える私に、蝶は良い虫ですよ、と彼は言った。蛾《が》は悪い虫ですが、だって！　私にとっては、どっちも悪い虫なのっ!!　あの羽を見るたびに鳥肌が……こうして書いているだけでも寒気が。自分でも何故、こんなにも嫌悪を持つのか解らない。蛙《かえる》だろうが、蜥蜴《とかげ》だろうが、へっちゃらでつかまえてしまう私なのに。

私は、羽のあるほとんどの虫が苦手で、その最たるものが蝶なのだ。蝶が玄関の扉一枚隔てて飛んでいると思うだけで、人生がだいなしになってしまうのだ。

しかし、そんな理由で引きこもりになってしまうなんて口惜《くや》しいじゃないか。そう思った私は、数時間後、意を決してドアを開け外に出て見た。ふう、もう飛んでいない。ようやく郵便物を取りに階下に行ける。きっと階段を伝って飛んで行ってしまったのだろう……と思いきや、いた！　しかも、エレベーターの脇《わき》にちゃっかり止まってた。またもや叫んで部屋に駆け戻る私。悲鳴に驚いたのか、再び狂ったように飛び回る蝶。もう絶体絶命だ。私は、一生外に出られない。泣きそうになっていたら、天の助けのように、男友達が遊びに来た。急いで彼を家の中に招き入れ事情を話す。解った、ホールの窓開けて外に出してやる、と言い残して再び外に出る彼。日頃、へなちょこと見くびっている彼が、この時ほどたくましく思えたことはない。ばたんばたんと格闘する音がしばらく聞こえ、ようやく彼はうちの中に戻って来た。

「ふう手間かけさせやがって……つかまえる寸前で飛び立つんだよな。でも、エイミー、なんであんなのが恐いの。案外、弱っちいよなー、この間の蟷螂《かまきり》の時も大騒ぎだったし」

そう、ついこないだまで、蟷螂が、玄関の柵に棲《す》みついていて、それも彼に外に出してもらったのである。

「もうやだよ。なんでうちの玄関にばっか虫が来るの？　私をお花だと勘違いしているの？」

「ぷっ、……いや、そうではなくて、ここは武蔵野。武蔵野には虫がいる決まりなのだ」

そうなのか……さっき見たら、カメムシもいた。恐くはないけど、やだなー、あれ臭いんだよね。私には山の暮らしは絶対無理だろう。山繭蛾《やままゆが》や雀蛾《すずめが》（憎むあまりに詳しくなってる）が家の中に入って来たらショック死してしまうかも。何故か、虫の溜《たま》り場になったわが家の玄関。まったく悩ましいことである……ではないのだ。私は、「悩ましい」という言葉をこういう場合に絶対使いたくないのだ。近頃、目につく「悩ましい」。たいてい、悩みを引き起こす原因を形容しているみたいだが、私は、この使い方が大嫌い。辞書を引いてみると、それはそれで正しいらしいが、私としては、官能を刺激されて変な気になっちゃう時にのみ用いたい。てなことを若者に言ったら、全然知らなかった。悩みの素《もと》のためだけにあると思っている。私としては、むしろそちらの方が滅多にない用法だと思うのだが。と、何故そんなことを言い出したかと言うと、この間、某女性誌の特集の見出しで「恋がしたいのに出来ない悩ましい女が急増中」というのを見つけたのだ。え？　違うんじゃない？　と感じたのだ。「悩ましい」の後に女が続いたら、男の心を惑わす性的ないい女になっちゃうじゃん……って、こう思うのって私だけ？　悩ましい イコール 悩殺に値する、ではなかったのか。それとも、もうこういう意味合いでは使わないの？　高校時代、Ｃｈａｒの「気絶するほど悩ましい」という曲があったけど、あれ自体が本式の「悩ましい」の使い方だと、今でも私は信じてるんだが。新聞などで「悩むところだ」と書くべきを安易に「悩ましい」と使ってしまうのって、どうなんです？　ちなみに私は「悩ましい」という言葉は好きだけど、小説には使いません。あれは、小説用語ではないと思っているから。なんて。またもや言葉の小姑《こじゅうと》ぶりを発揮してしまいました。件《くだん》の女性誌が「悩ましい女」ではなく「悩める女」と書いてくれたなら私の苛々《いらいら》も収まるのだが……などとうだうだ難癖を付けていても仕様がないので、苛々を解消するために、先月号に続き、またもや浴衣を着て、盆踊りに行って来ました。そして、やはり、しまいには、同じバーの長椅子で眠りこけて一夜を過ごしました。こりない奴《やつ》？　ううん、なんだか、飲み屋での遭難って浴衣に原因があるような気がして来たの。浴衣は私の眠気を誘う。近頃、温泉づいている私ですもの。浴衣を着たら、ごろんちょ。パブロフの犬と同じすり込みをされているんだと思うの。だからと言って、うるさい私を寝かしつけるために、浴衣を着せかけようなんて、決して思ってはならない。飲み友達の皆さん、解ったわねっ!!

今回、出向いたお祭りは、先月号で書いたのとは別の町内会で主催されているもので、通り全体を交通止めにして派手に執り行なわれていた。広場がないので、道に沿って楕円になってしまっている盆踊りの輪が妙にシュール。つき合ってくれた男友達とながめていたら、彼が突然、踊りの輪を指差して叫ぶ。

「あっ!!　エイミーの知り合いの息子さんだ!!」

指差された方向を見やると、そこには、石原伸晃《のぶてる》氏がいた。しかも、赤いたすきを掛けて、楕円の中で踊ってる。なんだか、すっごく御機嫌みたい。もしかしたら地域住民に溶け込むために装ってる？　いや、違うだろう。あれは、明らかにのっていた。私と男友達は、意味不明の得した気分で、踊りの輪に加わるのも忘れて、うーむ、石原いい奴じゃーん、などと呟《つぶや》きながら、ながめていた。単純な選挙民は、こうして術中にはまって行くのである。盆踊りに参加する議員に悪い人はいない（ほんとか？）。しかし、盆踊りに参加する作家は仕様もない輩《やから》ばかりである（これは、ほんとだろう）。

そうこうしている内に、一周した石原氏は戻って来て輪から抜けた。その瞬間、私の内なる自己顕示欲が湧《わ》き上がり、我慢出来なくなって来た。

「私、挨拶《あいさつ》して来る!!」

おいおい、と制止する男友達を振り切って、石原氏の元に駆け寄り、ぽんと肩を叩《たた》く私。驚いて振り返る石原氏。

「石原さん、私、あなたのお父様と、芥川賞の選考委員を御一緒してる山田詠美と申します」

「あーっ!!」

「おすまい、この辺なんですか？」

「そうそう！　丹波さんちもこの辺なんだよー」

知ってる。丹波霊界研究所（だったと思う）と出ているお屋敷の前の道は、私の散歩コースなのだ。丹波霊界の研究をなさっているらしいが、その内容がどういうものであるかは不明である。

しばしの雑談を交わした後、石原氏は、盆踊りの昂揚冷めやらぬまま、こう言った。

「思っていた人と全然ちがーう！　全然、恐くなーい!!」

「はははは」

「想像していた雰囲気と全然ちがーう！　色、黒くなーい!!」

「は……は……」

……誉《ほ》め言葉？　全然嬉《うれ》しくないんですけど。相変わらず、私は色黒のままなのだが、夜だから目立たなかったのであろう。

「私、芥川賞の時は、慎太郎さんとバトルしてるんですよう。次も負けませんからねー」

息子さん相手にそんな宣言してどうするって感じなのだが、石原氏は笑っていた。私も笑っていた。男友達も笑っていた。なーんか、皆、笑うしかないって感じで、手を振ってさよならした。

「ノブいい奴だなー」

「なー」

もうノブよばわりである。

「私に書かれるとも知らないで笑ってたよ」

「だからいい奴なんだって」

「リスペクト、ノブ!!」

「リスペクト、ノブ!!」

上機嫌で、夜道を歩く二人であった。すっかりノブびいきになった私たち。しかし、これが票に結び付くかどうか定かではない。政治家はつらいよ。がんばれ、ノブ！ゴーゴー、ノブ!! きみの守護神は丹波哲郎先生だっ!!!（微妙に意味不明の責任転嫁をしている気分）

ところで、先日、取材をかねて海沿いの田舎町に一泊旅行して来た。風光明媚《めいび》とは無縁の単なるさびれた場所である。商店街も半分は閉まって閑散としている。でもなあ、私ってひねくれているのだろうか、こういう誰も見向きもしない町にぐっと来てしまうのである。観光名所などに何の興味もない私。これは、土地のみならず、人や生活全般に対する興味にも一貫していて、かえって面倒臭い女と呼ばれることもしばしばである。話題になっているレストランで食事をしましょうよ、などと誘われると、話題になっている、という段階で、やなこったと思う。最新スポットなどと呼ばれる場所に出向く人の気持がまったく解らない。自分しか目をつけていないものを、とことん愛《め》でる傾向がある。他の人が、それに目をつけ始めると、もういらん、とばかりに飽きてしまう。例外なのは本の領分ぐらいであろう。

今回も私の趣味が反映されたリクエストで国民宿舎に泊まった。リニューアルされ美しく変身した公共の宿が増える昨今、私たちが宿泊したのは、昔ながらのぼろっちい所であった。下手なビジネスホテルなどより、そういう場所を小説的と思ってしまうのね。同行した男子二名は、こういう女性作家ってこの人だけでは、と言っていたが、そうかもね。ぼろぼろの国民宿舎に通されて激怒しそうな作家を、男女を問わず、私は何人も知っている。

とはいえ、そのひなび具合には、私でさえも驚いた。個人で泊まっているのは、私たちだけ。後は、皆、何かしらの工事などに携わっている作業員の人々。女は、私ひとりであった。共同浴場から出て来た妙齢の男子が、パンツ一ちょうで廊下を歩いている。もうすっかりすれっからしになっちゃっている私は、目を覆ったりしない。あ、どーも、ってなもんである。それどころか、いいねえ、この殺伐感！　と創作意欲を湧かせてしまうのである。なんだか、中上健次もどきの雄々しい気分になって来るじゃないか。窓からは、海水浴場ではない海が見える。漁業のための海だ。男子便所の前の私の部屋には、早朝、彼らの生活する音が届く。歯ブラシの音。うがいの音。放尿の音。なんちゃって中上さんと化した私には、それも、また「味」である。壁の汚れや天井の染みも、天然の旅情（by檀一雄）を引き立てる。

しかし。段々、冴《さ》えて来る頭の中で、前夜の乱行が甦《よみがえ》り、頭を抱えた私。夕食の後、持ち込んだワインですっかり調子に乗った私たちは、タクシーの運転手さんの案内で、地元の人たちしかいないスナックにくり出したのである。昼間の疲れを癒《いや》す筈《はず》……だったのだが、気が付くと三人共、爆発状態でカラオケに突入。私は、お客のおっちゃんたちと、次々にデュエットしていた。ほら、カラオケ嫌いだった私でも、その昔、水商売やってた時代の遺産がある訳よ。おじさんとのデュエット曲なら、すべて頭に入っているのである。しかも、おじさんたちもこの闖入者《ちんにゅうしゃ》を歓迎してくれて、世界のほんの片隅で、私は、自分をマドンナと勘違いしてしまったの。でも、勘違いしていたのは同行の男子たちも同じ。ひとりは、背中まである長髪だったのだが、東京のロン毛はやっぱ違うねーと、おばちゃんに言われていい気になってたし、もうひとりは、ファッション関係の方ですか、なんて尋ねられて、意味なく胸を張り、沢田研二メドレーが止まらなかった。東京のロン毛はカウンターに登り、持ち歌のない私は演歌に合わせてファンクに踊り、にせもんジュリーは、天を仰いでいた。

そして、翌朝。どよーんと朝食の席に着く私たち。他の客たちが仕事へと出払ってしまったがらんとした食堂で、ひたすら反省する。ひとりが言う。

「昨夜、持ってたバッグの中に黒いパンティが入ってた。某農業高校の制服のスカートまで入ってた。ああっ、何故!?」

カウンターの隅っこで、キムタクみたーい、とおばちゃんたちにちやほやされていた彼。私のパンツあげるねー、ついでに高校ん時のスカートもあげるねー、と言われていたよ。良かったね、得したね、とからかう私。

「でも、詠美さんも、ベトコンみたいな人と踊ってましたよ」

あ、そういや、菅笠《すげがさ》をかぶった謎《なぞ》の人物とバンプ（昔はやったファンクな踊り）みたいなのやっていたような……。

「ぼくたち、ものすごく迷惑だったんじゃないかなー」

「でも、あのおじさんたちは、私とデュエットして幸せそうだった！」（きっぱり）

「……ほんとに覚えてんですか？」

「……と、思う……」

反省しきりであったが、あれで日頃の憂さをはらせたのだろうか、全員、朝ごはんをぺろりとたいらげ、帰りの新幹線では、お疲れさまの声も高らかに乾杯していた。過ぎ去れば良い思い出ばかりなり。田舎町ばんざーい！　こういうのを喉元《のどもと》過ぎれば何とやらって言うんですかね、とビール流し込んで再び上機嫌になっていた男子たち。そうよっ！　ビールは喉越しが命!!　流し込んで新たな狂乱に備えるが良いわっ!!……って、そうなのか……そうじゃないだろう。旅の恥はかき捨てても、捨て場所を覚えておくのが大人のたしなみだろう。天然の旅情は、もしや傍若無人と同義語ではないのか。どうなのっ？　一雄!!

かくのごとく駄目駄目な日々を送っている私だが、この間は、恐れ多くも谷崎潤一郎賞をいただきました。ありがたき幸せ。いいのか、こんな奴にくれて、と思われているのは百も承知。承知之助。ああっ、この言い回しってどこから来てるの？　と、また、やくたいもない生活は始まる。ポンちゃんにとって、おもしろがりどころは、profitable job 4 development of new fun. 悩ましいではなく、悩ませる。それが私。蝶かも。

シュールのＴＰＯ

本屋さんで立ち読みをしていたら、私の背後を通り掛った男が、おならをしたのである。それは、公共の場所であるのをものともせずに、思う存分に気持良さげで、ぷ〜〜〜う、といかにも楽しいという感じの節が付いていた。驚いて振り返ると、その人は、私と目が合ったにもかかわらず、一向に意に介さない様子で、すたすたと立ち去って行ったのである。な、何なんです!? あかんではないか（©町田康くん）。あたりには、そこはかとない臭いが立ちこめ、少し離れた所にいた人たちが、私を見たので、読みかけの本を中断して、慌ててその場を離れた。書店での放屁禁止ーーっ!! 日曜日に吉祥寺啓文堂にいたあなたのことよっ!! ぬれぎぬって、どんなことでも、ほんと、気分悪いったら。

実は、その日、そこで行われる川上弘美さんのサイン会を見物しようとしていたのだ。しかし、時間を間違えてしまい、到着した時には、もう終了していたのであった。

ついてない日だ。こういう日は、次から次へと良からぬことが起きたりするので油断出来ない。そう思って気を引き締めたのだが、やはり、帰り道で犬のうんちを踏むというアクシデントに見舞われた。もう！　飼い主の皆さんしっかりして下さいよ！　おまけに、散歩がてら、今まで一度も通ったことのない道を歩くのを自分に課したので、迷ってしまった。自分の住む街で普通迷子になるか？　と言われちゃいそうだけど、自他共に認める方向音痴《おんち》の私には少なからずあることとである。そういう時は、全然困ってないもん、という振りを装う（誰も見ちゃいないのに）。すると、何故か、耳朶《みみたぶ》が熱くなって来るのである。子供の頃も大人になってからも、迷子の心持は同じである。

ところで、川上さんがサインをしていた（筈《はず》の）本は、『東京日記　卵一個ぶんのお祝い。』（平凡社刊）である。ここに、あるラーメン屋さんが登場するのだが、実は、私も、そこの常連。川上さんの前の仕事場と、私の家は目と鼻の先だったのだ。一緒にお酒を飲んでいて、その話になり、共通の愛すべきラーメン屋さんがあるのを知って嬉《うれ》しくなった。結局、店で顔を合わせることのないまま川上さんは引っ越してしまったが、今回の本を読んでいたら、私たちの頼んでいた定食メニューが同じだったことが判明（ニラ炒め定食）。ますます嬉しくなって、そこの若奥さんに本を貸してあげた。読書とは無縁そうな人なので、その箇所にちゃんと付箋《ふせん》を貼《は》った。もちろん喜んでくれた……のだが、どうやら、若奥さんは、私がそれを書いたと勘違いしている様子だ。うー、どうしたものか。出前を頼んだこともあるので、私が山田であるのは知っている筈なのだが、私の知り合いが書いたと伝えた筈なのだが、まあ、私が物書きであるのも近頃ようやく知ったばかりだし……いつか、きっちりと説明しなくてはならないだろう。あなたの店の定食に愛着を持っていた小説家が少なくとも二人はいたのだという事実を。そして、その二人の小説家が、お宅のイカカレーラーメンというメニューを問題視していたことを。ちなみに、その店は、道路工事中の作業員やタクシードライバーの人々で混み合う店だ。あの間に座って川上さんが食事をしていたのを想像すると、何だかシュールで、その場がいっきに川上作品ワールドに変換されるような気がする。

シュールと言えば、この間、山に囲まれた一軒宿の温泉に行った時のことである。ひと風呂《ふろ》浴びた後に旅館の周囲を散策した。日の暮れかけた人気《ひとけ》のない村。あたりに灯《あか》りは数えるほどしかない。旅館脇《わき》を流れる大きな川の音以外、何も聞こえない。「因習」という言葉が不意に脳裏をよぎる。こういう所で生まれ育ったら、何かがあらかじめ決められて、身動き出来なくなりそうな気がする。そこから逃れようともがいたら、たたりとかが追いかけて来そうな、そんな場所。私と連れの男の子の口数も少なくなる。そろそろ夕食だし戻ろうか、と言い出したその時、真っ白な猫が三匹、私たちの前に姿を現わした。人間の姿に驚いた様子もなく、道に寝そべったり、廃屋のような民家に出入りしたりしている。私たちが近寄り、み、み、み、などとおびき寄せようとすると、面倒臭そうに立ち上がり歩き出す。三匹に導かれるように後に付いて行くと、墓地に辿《たど》り着いた。人気のないさびれた村によくある、小さな、けれども歴史の重みをたっぷりと吸い込んだ豪華な墓の並ぶ墓地だ。猫たちは、その前で、好き勝手に歩き回っている。あたりには、すっかり闇《やみ》が立ち込めている。そこに猫。私は、あんなにも白い猫を見たことがなかった。

「守り神だ」

連れが言った。私は恐くなって、彼の浴衣の袖を引っ張って、もう行こうと促した。すると、今度は、どこからかおばあさんが出現したのである。

「お客さんたち、そっちは旅館に続いてないよ」

その声に、ぎょっとする私たち。おばあさんの登場が、あまりに唐突だったので、驚きのあまり、私は、五センチぐらい飛び上がっていたと思う。

「シロー、シロー、シロー」

おばあさんが呼ぶと、猫がてんでに集って来た。

「飼い猫なんですか？」

連れの問いに、おばあさんは、いーや、と否定した。来た道を引き返し始めると、おばあさんと猫たちも私たちの後に続いて歩いて来る。途中、猫たちが畦道《あぜみち》で道草を食うと、また呼ぶ。

「シロー、シロー、シロー」

私たちは、そのシュールな光景から目を離せない。

「シロって名前なのかな」

「でも、三匹とも白だよ？」

「あのおばあさんも守り神？」

そんな会話を交わしながら歩き続け、旅館の灯りにほっとしながら後ろを振り返ると、もうおばあさんの姿も三匹の猫も消えていた。けれども、闇の中の猫の白さが、私の目に焼き付いて離れない。ああいう光景との遭遇に意味を持たせてしまうのは物書きの習性か。現実と異界とが重なったのりしろ部分に足を踏み入れてしまったような気が、確かにしたのだが。それとも、墓地というもののイメージから来る錯覚なのか。

思えば、墓地という代物は、幼ない頃から、エキゾティックな印象を私に与えて来た。母方の親族の眠る墓地には、枯れて中が空洞になった大木があり、そこには白蛇が棲《す》んでいた。墓参りの時、這《は》い出て来たその蛇が、枝に巻き付いていたのを見たことがある。あの時も親戚の誰かが、守り神だよ、と言ったっけ。合理主義の父は、陽《ひ》の当らない所にいるから色素が抜けただけさ、と私の耳許で呟《つぶや》いたが。パパ、それじゃつまんないよ、と私は返したものだ。だって、守り神と信じた方が、世の中が、断然おもしろくなって来るじゃないか。理系人間は、すぐに物事を解明しようとするから嫌になっちゃう。彼の血を引きながらも文学的（？）な子供であった私は、神秘を感じて墓地に通い始めた。その時のことを元に「晩年の子供」という短編を書いたこともある。それを言うと、夫は、自分が墓地に通ったのは、ティーンネイジャーの頃だった、と懐し気に語る。墓地でセックスをするのは、アメリカのティーンネイジャーの誰もが通る道なんだとか。静かで人気がなく真っ暗で、しかも、ティーンネイジャーには金がない、と来れば、これほどのライトプレイスはないではないか、と得意気であったが、あのねえ……若者は、そんなことに身をやつしてないで、勉学に励んだらどうかね。私は、ちゃあんと勉強部屋でことに及びましたよ、と、そういう問題でもないか。あ、今、唐突に思い出したが、大昔、「誰かさんと誰かさんが麦畑……」

で始まる歌があったっけ。東京生まれでありながら、田舎育ちのおれさまだが、そんなことの出来そうな麦畑なんか見たことなかったぞ。麦の背丈は低過ぎて、不埒《ふらち》な行為は丸見えではなかろうか。とうもろこし畑なら解るけど。あ、またもや、やくたいもないことを思い出したがアメリカのホラー映画で『とうもろこしの子供たち（直訳）』というシリーズがある。どうやら、とうもろこし畑は、アメリカ人に不気味なイメージを喚起させるらしい。あんなとこで女の子といちゃいちゃなんて出来ないよー、墓地よりも余程恐い、と夫は言うのである。それでは、何畑が男女の交わりに適切であろうか。うーん、悩むところだ。昔、バリ島のライステラスで、男の子とあいびきしたことがあったが、要するに田んぼである。きっと、丸見えであったことだろう。「丸見え」でさらに、くだらぬことを思い出したが、私と沖縄に住む親友で、実験したことがある。私たちの子供時代、「パンツ、丸見え」というフレーズは、ある種の定番であった。手をパンと叩《たた》いて、指を二本立てた後、手をおでこにかざしてながめるポーズを取るのである。あ、やったことある、と顔を赤らめる方も少なくないでしょう。で、私と親友は、自分たちの姪《めい》と娘に試してみようとした。私は、いきなり姪のかいなに言う。

「パンツ！」

訝《いぶか》しそうな表情を浮かべながら、彼女は、続けた。

「丸見え……」

次に、親友が娘に言う。

「パンツ！」

「……な、何？」

「パンツと言えば!?」

「……丸見え……？」

うおー、世代を越えて、生き続けていることの言葉!! 私と親友、おおいに喜ぶ。しかも、親友の娘は、アメリカ人とのミックス。世代どころか、国境も越えた？ まあ、後で、大人なのにしょーもなさ過ぎー、とハイスクールガールズ二名に馬鹿にされましたが、丸見えの枕詞《まくらことば》は「パンツ」だったんですね。そう、私たちは沖縄で会うと、こういう阿呆な言葉遊びに終始しているのである。

そう言えば、この間、沖縄を舞台にした本を読んで目を見張った。和歌山名物めはり寿司を食べた時より、私の目は大きくなっていたに違いない。その題名は『でいごの花の下に』（池永陽著、集英社刊）。これは、登場人物が真面目になればなるほど、読む側が吹き出してしまうという、突っ込みどこ満載の作品なのだが、我が意を得たり！　という箇所がいくつもあって、私は深く頷《うなず》いたことである。

たとえば。暗い過去を引きずっているらしい男が、バーカウンターで言う。勝手に引用させてもらう。

〈「強い酒を飲むたびに——」

ぽつりといった。

「咽《のど》の奥を、鞭《むち》で思いきり叩かれるような気がする」

「えっ」

意味がわからなかった。

「俺のような罪深い人間には弱い酒は飲めないってことさ」〉

かと思えば、弱い酒は飲まないのかとバーテンダーに尋ねられ、男はこう返す。

〈「飲みたいが飲めないんだ」

(中略)

「俺は楽しみのために酒を飲んでるわけじゃない。いわば懲罰のために飲んでいるようなものだから。薄い酒を飲んで優雅に楽しむわけにはいかないんだ」〉

……大丈夫か、この男。だったら禁酒した方が懲罰になるんじゃないのか？　しかし、私は、この台詞《せりふ》を使わせてもらうことにしたのである。たとえば。

「あ、エイミー、また焼酎、ロックで飲んでるー。あんた、酔っ払うとうるさくて面倒臭いんだから、水かソーダで薄めろよー」

「ふん。私は、咽の奥を思いきり鞭で叩かれて懲罰を受けたいんだから、ほっといてくれ!! すいませーん、今度は、芋焼酎ストレートでおかわりーっ」

ふっ、いつのまにか鞭打ち愛好のマゾヒストに変身しちゃったみたいだけど、でもいいの。意味不明にして、問答無用の、強い酒所望方法だと思わない？　これからは、このやり方で我が道を行くつもりよ。

でもなあ……。この小説って、マジなんだよなあ。男のこんな台詞聞いて、吹き出さない女っているのかなあ。北方謙三キャプテンの「おれに惚《ほ》れるなよ」以上じゃないかなあ。主人公の女は、その男に惚れて、沖縄まで追いかけて彼の心の闇の原因をつき止めようとするのだが、この女も変。中坊、誘惑してセックスを持ち掛けるくせに、自分の都合であっさりとなしにしちゃう。

〈私は自分勝手で、わがままで、意地悪な嫌な女だったってことにようやく気がついたの。気がつかなければよかったんだけど、気がついてしまったんだから、もう圭君とセックスはできない。(後略)〉

って、言われてもねえ……。最初っから気付けよって感じがするが。なーんか、この小説、全部都合良いんだよなあ。その都合に合わせるために、どんどんステレオタイプに陥ってるし。アメリカにひどい目にあわされた結果がアメラジアン（アメリカ人とアジア人の混血）と言い切ってしまう大雑把さ。先に書いた親友の子もアメラジアンスクールに通っているが、その子は別に不幸じゃないよ。そして、人殺しの子は、その宿命を背負う筈ってのも……あんまりなんじゃないだろうか。歴史に残る悲劇を描くのに必要なのは、その悲劇が膨大な数のピースで成り立っているという前提を持つことである。そして、そのピースのありようが、すべて異っているという認識から始めなくてはならない。他者から可哀相と言われるのを断固拒否する、悲劇をくぐり抜けた人間もいるのである。アメリカ人↓悪。沖縄人↓善。なるほどね、そうですか、そうなんでしょうね。でも、そうとも言い切れない人間のありさまを多彩に描こうとするのが小説の仕事なのではないか。それにしても、こういう作品を読むと、色んな小説家がいるんだなあと思う。私のやっていることと全然違う……って、ほらね、小説家って言葉すらも、このように多岐にわたっている訳ですよ。ま、言っても詮《せん》ないことですが。

話は変わるが、この間、絵本作家の佐野洋子さんのお宅に遊びに行って来た。「百年の孤独」という手に入りにくい焼酎を買っといてくださったのだ。で、舌なめずりして、鞭打たれに行ったという訳。ポンちゃんにとって、好きな人と好きなお酒はI got a kick out of touching story. 酔っ払って、パンツ、丸見せ。シュール過ぎ。あかんかった（再び©町田くん）。

月に一度は
お墓参りへ
ご先祖様を大切に
山田寺
©T.J.D.

スロウに寝技一本

男友達が、西荻窪に出来たばかりの吉田（秀彦）道場に通い始めた。もうすっかり気分は柔道家。いかに柔道が素晴しいかを語って止まらない。まあ、それだけなら良いのだが、問題は、私にも道場通いを強要していることだ。最初は、山田詠美が柔道ってのも、ちょっと意表を突いてていいかもー、などと心動かされていたのだが、稽《けい》古《こ》の内容を聞いたらあまりにも無謀なアイデアであるのが解って来た。頭腕立てなどという日本語的にどうなんだってな感じのメニューがあると言う。

「膝《ひざ》をついて、頭を畳に付けて、腕を使わない腕立てやるんだよ」

腕を使わないのに、腕立てとはこれいかに。実演してもらったら、なんだか江戸川乱歩の「芋虫」を彷彿《ほうふつ》とさせる彼の姿。それに、とっても苦しそう。絶対に嫌だ。しかし、それよりも嫌なのは、終了後、道場を掃除しなくてはならないことだ。自慢じゃないけど、私は、料理好きだが、掃除は大の苦手。四角い所を丸く掃くなんてお手のもの。出来れば一生したくない。人んちの畳を掃くなんてまっぴらごめん、という訳で、早々に柔道家への道は諦めたのである。

「残念だなー、エイミーも始めて、おれと一緒にやわらを極めて、二人でこの歌を歌いながら、バンカラに歩いてみたかったんだがなー。下駄を鳴らしって奴が来る〜〜」

……それは、やわらではなく、かまやつだろう。そう冷たい目で見る私を無視して彼は言う。

「この美しい格闘家の心を持って、断固いんきんは拒絶する!!」

こうきっぱりと宣言する彼は、高校時代は柔道部。しかも、黒帯だったとか。格闘技大好きだったあの頃の熱が、再び甦《よみがえ》って来たのだそうだ。けれども、いんきんだけは甦らせたくないと不安気である。

「部員全員いんきんだったんだよー。あれ、すげえ痒《かゆ》くて悲惨なんだよー」

そうなのか。ちなみに、今、辞書を引いてみたら、陰金と漢字表記するらしい。金の陰と言えば、何やらロマンティックであるが、陰の金じゃねえ。元々パンツの下の日陰者であるのに、うすら寂しさの漂う病名であることよ。薄幸感が漂っていると言うか。それなのに少しも同情を勝ち得ない。それどころか、苦笑とか失笑とかを誘発する苦いユーモアを含んだ病。それが、いんきん。でも、気にしないで。あなたが再び持ち主になっても、私たちの友情には何の支障もないことよ。周囲に言いふらして笑い飛ばしてあげる。そのあかつきには、あなたの隠し持つ陰は陽に変身すると思うの。陽金、ばんざーい！

　柔道で思い出したが、私の姪のかなの通っていた中学校の体育祭に「名物部活リレー」という種目があった。今も行われているかどうかは知らないが、これがまさに「名物」のおもしろさだったらしい。主に三年生が出場する部活対抗のリレーなのだが、それぞれその部活特有のユニフォームを着て参加しなくてはならない。そして、バトン代わりに渡すものも部活特有のアイテム。水泳部チームは、海パンや水着で走り、付けていたゴーグルを次の走者に渡す。テニス部は、スコートを着て走り、持っていたラケットを渡す。剣道部は剣道着と防具を付けて走り、竹刀《しない》を渡す。そして、渡す物のない柔道部はどうするか。柔道着を着て走って来た人が次の走者を寝技で押さえ込むのである。それが、バトンタッチの代わり。起き上がってすっかりはだけたままの柔道着姿で走り出すランナーに観客は拍手喝采なのだそうだ。ちなみに我らがかなは、部員の少ないハンディクラフト部とやらに入ってしまったので、一年生の分際で参加させられた。自分の体よりも大きな洋裁用のトルソーを抱えて、真っ赤になって走っていたと言う。ああ、見たかった。と、言うより出たかった。中学の頃、かるたクラブだった私は、十二単《ひとえ》を着て走る。そして、バトンタッチの際は上の句を詠み、次の走者に下の句を取らせるのである。まどろっこしい？　いいえ、百人一首は秒速のスポーツである。柔道部の寝技なんて、はるかに凌駕《りょうが》する筈《はず》。それにしてもなあ、大昔の人って、和歌で寝技かけてたんですものね。スローライフ、ここに極まりって感じ？　何もないところにゲームを作り出す知恵は生活を馬鹿馬鹿しく愉快にする。たとえば、山田家では、良く輪唱をする。客人を迎えたら、その人の名を順番に節を付けて連呼して行く。無理矢理参加させられた父も渋々新聞読みながらやっている。当然のことながらお客は唖然《あぜん》とする。しかし、山田家の面々には知ったこっちゃないのである。しまいには、お客当人も、「はい！　一緒に！」と指差されて、自分の名前を連呼する破目になる。額には汗の玉が浮かんで来る。最後に私か妹の指揮で、フィナーレを決めるのである。ぴたりと決まって沈黙が訪れ、直後に拍手。ようやく解放された客は安堵《あんど》のせいかよろよろと崩れ落ちる。嫌がらせ？　そうかもね。やりとげた満足感をたたえた山田家の人々の表情を見るたびに、私は、恐怖政治の原点を知るのである。変な家？　うーん、そう言われても、うちって、昔からそうなんで。小さい頃は、応接セット（ほら、いかにも昭和って感じの白い麻のカバーが掛ったソファ三点セット。畳の上にそれらが置いてある）を隅に移動させて、父と母はダンスを踊っていた。子供たちは、隅っこで観客にならなければいけない。何かうちの親は変だなーと思いながらも、逆らえずに悦に入ってタンゴを踊る二人を見続けていたっけ。私が、初めて覚えた外国の曲は「ラ・クンパルシータ」だったと思う。ステレオは、犬のマークのビクターの観音開き四本足のやつ。レコード用スプレーの良い匂いがいつも漂っていた。あのステレオ、いったい、どこに行っちゃったんだろう。古臭くて格好悪いと思い始めた頃には、いつのまにか消えていた。今だったら、絶対、手に入れたいと感じる代物なのに。もっとも、消え失せるからこそ追いかけてしまうノスタルジア。今、実家に置いてあったとしても、邪魔者扱いされるだけだっただろう。

　スローライフ、と言えば、人類太古のスロウなお楽しみ、結婚式に行って来ました。仲良しの担当編集者の女性が、かつての同級生と華燭の典を上げたのである。自他共に認める食いしん坊にして大酒飲みの二人。料理も飲み物も申し分ないものだった……のだが、レセプション案内を見ていたら、新郎新婦のプロフィルの欄に、新婦の趣味→晩酌、新婦の好きな食べ物→珍味類全般、新婦の好きな飲み物→日本酒（特に無濾過《ろか》生原酒）と記してあるのである。うーん、厳密にして、豪傑過ぎやしないか。そして、お二人の初めての共同作業ってやつが、ケーキカットではなく、日本酒の樽の鏡開きだったのである。うーん、なんかあっぱれ過ぎやしないか。さらに、人前結婚式なので、皆の前で誓い合いキスをする筈、と思っていたら、花婿は花嫁のヴェールを上げ、互いに日本酒を酌み交わしたのである。うーん、どこまでも酒飲みの矜持《きようじ》をつらぬくその姿。もう何も言うまい。私たち、きみたちの切り開くけもの道を千鳥足で付いて行くつもりよ。かつて、私の夫にクィーン オブ タベモノ、プリンセス オブ ノミモノと呼ばれて、その地位を不動のものとした講談社の森山（仮名）、ようやく自分にぴたりと合う、キング オブ タベモノ アンド ノミモノを見つけ出したのね。そこに行き着くまで、どれほどの酒瓶を消費したことであろうか。あなたの歴史を思うたびに、私は「ローマは一日にしてならず」という言葉を思い出すの。あるいは、高村光太郎の「道程」とかさ。この際だから、勝手に捧げさせてもらうわ。もちろん、言葉を入れ替えてね。

（歪曲 山田詠美）

道 程

きみの前に空瓶はない

きみの後ろに空瓶は出来る
ああ、酔いどれよ
酒よ
きみを一人立ちにさせた膨大な酒よ
きみから目を離さないで守る事をせよ
常に酒の気魄《きはく》をきみに充《み》たせよ
この遠い道程のため
この遠い道程のため

あー、何て良い詩だろう。バッカスを守護神として君臨する花嫁にぴったりではあるまいか。ついでに気になったので「智恵子抄」を読み返していたら、こんなのも見つけて感動してしまったのである。

晩　餐（抜粋）

高村光太郎

暴風《しけ》をくらつた土砂ぶりの中を
ぬれ鼠になつて
買つた米が一升
二十四銭五厘だ
くさやの干ものを五枚
沢庵を一本
生姜の赤漬
玉子は鳥屋《とや》から
海苔は鋼鉄をうちのべたやうな奴
薩摩あげ
かつをの塩辛

湯をたぎらして
餓鬼道のやうに喰《くら》ふ我等の晩餐

おりしも結婚式当日は豪雨。オープンエアーになる筈だった庭園に張られたテントの中で、おおいに飲み食いする私たちのテーブル。光太郎は、この日の来ることを知っていたのであろうか（な、訳ないか）。〈くさやの干もの〜〉の行あたりから、花嫁の日本酒の盃を重ねる速度は、どんどんスピードを増して行くだろう。薩摩あげに、何故、生姜のすりおろしを添えない!?　と義憤に駆られて叫び声を上げたかもしれない。かつおの塩辛を酒盗と呼ぶ本意が私にだけは理解出来る！　と深く頷《うなず》くこともあったろう。しかし、酒盗があるなら、ばくらい（ほやとこのわたの塩辛）だって調達出来たのではないのか？　と純白のウェディングドレスの胸をかきむしりたい気持を、米一升が二十四銭五厘なら安いからいいか、とかろうじてなだめたであろうことは想像に難くない。あー、なーんか、私、彼女のとてつもない理解者になった気分。これからも、一緒に餓鬼道を追求して行こうね。

　と、言いつつ、今、台所から良い匂いが流れて来ている。リーキと鳥の手羽先のスープを煮込んでいるのである。リーキは日本名をポロねぎと言い、ねぎ好きにはたまらない優れた野菜なのである。下仁田《しもにた》ねぎをひとまわり太くしたような姿であるが、それよりも、ずっと固く巻かれた力強いもの。料理中に暴漢に襲われたり、彼氏に抱きつかれたりした時には、武器にもなるという便利さである。そのままでは固過ぎて食べられたものではないが、じっくりと長時間煮込むと驚くほど柔くなり風味たっぷり、しかも普通のねぎのように形崩れせず美しいままなのである。これをスープ皿に取り、オリーブオイルとゲランドの塩を振りかけて食す。スープだけ別にして飲んでも良し。滋味としか言えない優しい味がする。一緒に煮て、ほろほろになった手羽先は、そのまま食べても良いが、檀一雄先生方式で、崩さないように、フライパンで焼き、醬油、味醂《みりん》、鷹の爪などで味を付ける。そして、香ばしい匂いを放つそれを手づかみで思う存分堪能《たんのう》するが良い（ちょっと、一雄風に書いてみました）。ポロねぎは、一本七、八百円と少しばかり高価であるが、そして、輸入食料品店でないと扱っていないので、手に入りやすいとは言えないのであるが、煮えつつある鍋のふたを取った時に立ちのぼる湯気に目を細めるのは、餓鬼道の至福と言えよう。大地の恵み、ここにあり！

あ、大地で思い出したが、私は、今、三十五年ぶりに、パール・バックの『大地』にはまっていますの。男友達が、暇さえあれば文庫本を開いているので、横取りして題名を見たら、あの懐しの名作だったのである。うわっ、今時、何故に『大地』!?と思った私は、彼の読み終えた巻を借りて読み始め、今では、彼を追い抜いて、最終の四巻目。子供の頃、夢中になったこの作品は、大人になった今でも十分に楽しめる。だって、あなた、村上もとかの傑作漫画『龍（ロン）』（小学館ビッグコミックス）みたいなんですよ。ちなみに『龍』というのは、時代は大正から昭和にかけての中国人の血を引く財閥のぼっちゃん、龍の波乱万丈の物語である。そして、『大地』は、ほぼ同じ時代、貧しい農民、王龍（ワンロン）が何もない大地から富を得て、そこから始まる一族の栄枯盛衰を描いた大河小説。どちらも、止められない止まらないページターナー。睡眠時間を削らずにはいられなくなる困りものである。本を閉じられない時の幸福感は、漫画も文学も一緒。この楽しみを知らない人って、何か大きな忘れものをしていると思う。

漫画の方の龍は、いかにも豪放磊落《らいらく》なおぼっちゃま。気は優しくて力持ち。花街にも出入りして可愛がられているが、実は純情、という、愛すべきヒーローの特長をすべて備えていながら、ステレオタイプとは一線を画している。男も女も彼に惚《ほ》れてしまう。もちろん、私も。あ、そういや龍も武道やってたんだけど、絶対に彼は、いんきんなんかじゃないと思うの。いや、かかってるって、と件《くだん》の男友達は言うけれども、もし、そうであったとしても気にしない。ヒーローの魅力は、いんきんの痒さを超越すると思うの。それに、痒かったら私が掻《か》いて差し上げるわ。でも、素手で触るのは気持悪いから、孫の手で掻いてあげよう。ここに新しいプレイの誕生を見るのである。カーマスートラ（インドの性典）もびっくりだ。そういや、昔、インドに女二人で行った時、雑貨屋で、私ひとりだけ別室に連れて行かれ、カーマスートラグッズ（トランプ、絵巻物、体位の解説書、絡み合ってる置き物セット、などなど）を売り付けられそうになったっけ。何故、私だけ？

ま、それはともかく、話は『大地』に戻るが、この作品は三部作。今読むと、文学として成立しているのは第一部だけのような気がする（どれもおもしろいことに変わりはないが）。ノーベル賞作家に向っておこがましいんだけどさ。この原稿が終わったら、ベッドに寝ころんで続きを読もう。ポンちゃんにとっての寝技は、finding peculiar taste in these books. 女の口にいいんきん移るのかなー、と心配するマイ男友達。喝っ!!

インキン
オブ
ジュウドウ
新開発！
吸水速乾繊維で、すばやく汗を吸収発散！柔道着の下に穿くとインキン対策に抜群の効果を発揮します！
¥860
ヤマダライフ
©T.J.D.

お目出たきプチ泥酔の日々

　姪のかながアメリカ留学へと旅立ってから早や半年近くになる。母親である私の妹のゆきに送って来たメールによると、南部の街で元気にのびのびと暮らしているらしい。なんと、男子生徒から告白されたりもしたとか。喜ぶ私。

「わーっ、ハイスクールデイズまっさかりって感じだね」

「ところが……」と、妹の声は暗い。

「あの子、男子に男子と間違えられてコクられたんだって……」

　うーむ、さもありなん。ヒップホップラヴァーのかなであるが、彼女のスタイルって、Bガールではなく、Bボーイのそれ。女の子らしさの欠片《かけら》もない、おまえはエミネムか!?　というファッションに身を包み、肩で風切って歩いているのである。

「エキゾティックなアジア系男子は、ゲイに人気あるからねー」

「あいつのどこがエキゾティック？　おまけに、そのほとぼりが冷めた後、今度は、女の子から誰もいない教室に呼び出されてコクられて、無理矢理キスされそうになったんだって……。その子は、かなを女だと知ってるんだよ」

「うーむ、ゲイにもてるのは伯母ゆずりですな」

「普通に彼氏作って欲しいよ……」

その女の子は、断られてもめげることなく、かなのクラスに、大声で彼女の名を呼びながら乗り込んで来るんだそうだ。私のものだからねっと牽制《けんせい》しているという(誰に対してだかは不明)。いいじゃないか、と私は思う。小さな頃から、私の友人のゲイたちに接して来て、何の偏見もなくなっている彼女。おおいに、色々な人々とつき合って異文化交流に精を出してもらいたいものである。この間は、食べ過ぎて動けなくなった留学生仲間のオランダ人男子を背負って送り届けたとか。どんなふうにたくましくなって帰国するのかが楽しみだ。もう既にたくましいよー、どすこい感、漂ってるよー、とは妹の弁だが。そう、アメリカ生活って太るのよね。私なんか、アメリカに行くと意識してヴェジタリアンになる。それでないと、とんでもないことになりそうで。あそこにある数々のジャンクフードは癖になる。そして、癖になった時には、もう遅いのである。それを知りながらも、時々恋しくなる。私の家の並びには、アメリカ系宅配ピザのチェーン店があるのだが、そこを通り過ぎるたびに、私は、ニューヨークを思い出す。特に冬、冷たい空気の中を歩いている時に通気口からの熱風が鼻をかすめる。その瞬間、私は、夫の実家のあったブロンクスで過ごした日々にタイムトリップするのである。パークチェスター駅前の商店街。安いチーズとペパロニの匂い。ワンスライス買って食べちゃう？　と私が聞く。昨夜の残り物《レフトオーヴァー》を片付けないとマムが怒るよ、と夫が答える。我慢して通り過ぎるのだが、やはり先程刺激された食欲は収まらない。で、途中のデリでジャマイカンパティくらいなら良いだろうと、その香辛料の効いた小さなミートパイを買い食いしてしまうのである。思えば、私のニューヨーク滞在って、マンハッタンのスタイリッシュなレストランとは無縁だったなあ。いつも、場末の食堂ばっかり。お洒落《しゃれ》に演出された場所をかっちょわりーと感じてしまうひねくれ者のおれさまである。移民のおっちゃんのやっている店などに好んで足を運んでいたのであった。あの頃の偏屈な自分を、今、ピザ屋から吹き付ける風に当たり思い出す私。今も昔も、東京でもニューヨークでも、業界人のたむろするほとんどの店が苦手だ。もちろん、例外はあって、そういう店は、絶対にお洒落なお店紹介には出ていない。いつだって適度にラフで気が抜けている。などと思いながら獅《し》子《し》文六の『わが食いしん坊』（角川春樹事務所刊）という食にまつわる随筆集を読んでいたら〈美食案内記に星が三つ付いたような、高級料理店の料理よりも、昔、日常的なキモチで、何気なく食った、安飯屋の安料理〉というものに、あまりにも愛を注いでいるので嬉《うれ》しくなってしまったのである。前から敬愛している檀一雄に共通する点も多い。このお二人に交流はなかったのであろうか。年齢は、二十歳近く離れているが、なんだかお二人、とても近しい気がするの。大酒飲みだし健啖家《けんたんか》だし。自分好みを優先させた断定口調だし。ヨーロピアンの食文化に造詣が深いし。だいいち、ユーモアの感覚が、私の好みにぴったり！　よし！　これからは、お二人を私の食べ物遍歴における師と仰ごう!!　宇野千代先生、檀一雄先生に続く、私が先生と呼ぶ第三の人物となった獅子文六先生の誕生だ（他に団鬼六センセと呼ぶ方がいらっしゃるが、それは、別ジャンルである）。しかしね……まさか、没後三十六年に、こんなことほざいている女の物書きが出現しようとは、獅子文六先生も天国でびっくりであろう。御存命であろうが、お亡くなりになっていようが、好きになった作家は、私の中でいつまでも現役なのである。

　食に関する文章は数多くあるが、私がとりわけ愛するそれらに共通するのは、ちょっぴり情けない酒飲みの自己弁護が含まれていることである。知識や舌をひけらかしただけのものは、たいてい鼻持ちならないし、味気ない。食談は食欲のポルノである、と言ったのは、やはり作家の開高健さんだが、いい年をした大人は、ただのポルノでは欲情しない。やっぱ、アイロニーが漂っていなくってはね（と、ここで、既に、酒飲みの自己弁護を始めている私）。

〈——泥酔すれば、他人の迷惑、当人の恥辱——殊に後者の慚愧《ざんき》後悔の峻烈さは、泥酔常習者のみ、よく知るところである。誰のトクになる所業でもない。しかし、泥酔の魅力というものが、ないことはない。泥酔から一週間も経てば、ボツボツ魅力が恢《かい》復《ふく》してくる。一か月後には、泥酔が完全に懐しくなる。なぜ、あんな愚行が懐しくなるのか、不思議なことだが、結局、ワレを忘れる愉しみなのだろう。また、その忘れ方が、阿《あ》片《へん》陶酔のような不潔さがないからであろう。〉

どうです、この自己弁護ぶり。阿片陶酔と比べちゃってるよ？　阿片を吸ったことあるのか？　泥酔に不潔さはないのか？　飲まない人からすれば、この自己完結具合が嫌なんだよ、というところだろう。しかし、飲む人にすれば〈誰のトクになる所業でもない〉魅力が、酔っ払いを酔っ払いたらしめていると深く頷《うなず》くことであろう。

そして、酔っ払いはしっこい。文六先生は、やがて体を壊して飲めなくなるのであるが、この期に及んでも、こんなふうに書いている。

〈（前略）死んだ妻の美点を索《さが》すように、泥酔の徳なぞを考えているが、ヨッパライになることで、多少、自分を鍛えた事実はあったと思う。（中略）私は、酒に弱く、

自分に弱く、大概のことに弱いから、泥酔した。泥酔の後は、自分の弱さを知り、少し傲慢の鼻を折った。〉

ここでも我意を得たり、と膝《ひざ》を打つ私。そう！　泥酔が鍛えるのは、我身の謙虚さである。問題は、そのトレーニング開始が泥酔の最中ではなく、その翌朝になるということである。酔いの覚めたベッドの中は、世の中で最も慎ましい人間の棲家《すみか》である。うううう、昨夜は、あんなにも幸せで傲慢なならず者であった筈《はず》なのに……あれは、おおいなる勘違い、真実の私は、こんなにも駄目人間。そう感じて、もう死んでしまいたいと思う。けれども、ひとりで死ぬのもつまらないので、道連れに値する昨夜の仲間たちの行状を記憶から引き出そうとする。あいつも、あいつも、あいつも同じ、あいつなんか私よりもっとひどかった。なあんだ、私だけじゃないじゃん、と、ここまで来てようやく安心して謙虚のためのトレーニングは終わるのである。よし、人生変えるぞ、という前向きな気持が芽生え、晴れ晴れと人生をリ・スタートさせるのである。その決意と共に飲む新たな酒のなんと美味なることか……って、結局元に戻って、謙虚を鍛え直す破目になる訳ね。やっぱ、駄目駄目じゃーん。ふ、酒飲みの習性って、まさに、メビウスの輪に他ならないわね。

酒飲みと言えば、先月、友人である恐るべき酒豪花嫁のことを書いた。この間、谷崎潤一郎賞受賞記念の公開対談を同時受賞者の町田康くんと行《おこな》ったのだが、会場となった芦屋市のホールには、その花嫁、講談社の森山（仮名）も来ていた。わざわざ芦屋まで出向いてくれるとはありがたいことだ、と思った。しかし、彼女には、対談を見る以外にも、もうひとつ目的があったのである。

東京まで一緒に帰ろうと思っていた私たちだったが、新大阪駅ではぐれてしまい、別々の新幹線に乗ってしまった。一応連絡を取ってみようと連れの男性が森山の携帯電話にかけてみた。すると、私たちよりも何本か前の電車に乗っているのが判明。そりゃ残念と諦めた。旅の道連れとしては超グッドカンパニーの彼女と、車内で一杯やって行きたかったなー、と思ったのに。しかし。森山は、いた。京都駅のホームに大量の酒とつまみの入った大袋をぶら下げて、私たちを待ちわびていたのである。

「やっぱり、新幹線で酒盛しなくては、始まんないですよー」

何が始まらないのか。自分の列車を乗り換え、しかも料金を払い直してまで、きみは、我々と飲みたかったのか。

「このまま、ひとり酒で帰るのかと思ったら、もうやるせない気持でいっぱいでしたよー」

あー、よかったね。かくして、私たちのささやかなお疲れさん会は、しみじみと始まり、結局、ただの迷惑な酔っ払いとして東京駅に到着したのであった。生まれて初めてグリーン車に乗るという男子二名が、大丈夫か、というぐらいはしゃいでいた。何度もシートを倒したり、テーブルを出したり、アテンダントの女性をいらぬ質問責めにしていた。その様子をながめながら、御機嫌になる私。どんどんお酒は進む。そして、翌日、何千回目だか、何万回目だかの謙虚なひとときを過ごしたのであった。ほんと、私ほど、謙虚な人間っていないと思う。そう生まれ変わった数だけは誰にも負けない。

気のおけない仲間たちとの国内旅行は、のんびりしていて捨てがたいね。などと思っていたせいだろうか、この間、眼鏡屋さんに行った時のことである。つるの折れた眼鏡をだましだまし使っていたところ、男友達に、あまりにも貧乏臭いから新しいのを作れと言われ従ったのである。まずは検眼。店員の男性が尋ねる。

「どういう時に、一番見えづらいですか？」

「TVを観る時とか、映画の字幕を読む時とか、後、空港でフライトスケジュールを確認する時とか？」

ふむふむと頷く店員さん。無事注文はすみ、私は、それではよろしく、と店を出ようとした。店員さんは、お礼を言い、その後、私に尋ねた。

「羽田空港にお勤めですか？」

はて？　何故《なぜ》、羽田空港？　何故、成田ではなく羽田？　側にいた男友達がげらげら笑う。

「国内線の女なんだねー」

そうなの？　私って、いつのまにか、ドメスティックな女になっちゃってたの？　中央線にこもっていたから？　新幹線の車窓の喜びを森山あたりとわかち合っていたから？　うーん、そろそろ、檀先生や文六先生を見習って、海外を放浪すべきだろうか。しかしなー、散々世界じゅうをうろうろして来たつもりの私。今、日本が一番エキゾティックに思えてしまうんだよねー。遅ればせながら、日本国と異文化交流している感じ。すれっからしになっちゃった私が、今、たとえばアメリカに行っても、姪のかなの百分の一の感動もないだろう。要するに、今のとこ飽きてるってことなのかもしれない。こういう事柄って、旅に関してだけではない。人間関係においてもある。あんなにしょっちゅう会っていたのに、何故か音信不通になっちゃったな、と思う人は、ひとりやふたりではない。たぶん、相手も私に飽きたのだろう。関係が休暇に入ったのだと思うことにしている。その休暇は明けるかもしれないし、永久にそのままかもしれない。そっと自然にまかせるしかない、と今なら思う。昔は、あれこれ気をもんだものだけど。無理に生かした人間関係を心に詰め込むのは体に悪い、と学ぶまでに、どれほど場数を踏み、そして、失敗して来たことか。去る者追わずの信条を持つと、いつのまにか新しい出会いのためのスペースが出来る。で、あるから、泥酔の悪しき記憶をさっさと忘却の彼方《かなた》へと追いやり、新たな酔っ払いに生まれ変わろうとする私を目撃しても、決して、これを非難してはならない。いや、諸君のそうしたい気持は良く解る。解るのだが、ここは寛大な心で、私と一緒に愉快な宴をすごしてしまってはいかがか。もう小言を言っても無駄と諦めた私の父なんかそうしてるよ。そして、酔っ払って、娘と二人で、くだらない冗談の応酬に身をやつしている。

「ママの血圧が高いのは、いつもパパが計ってあげてるからかな？　どきどきして、上昇しちゃうのかな？　お姉ちゃん、どう思う？」

「あー、そう？　だからか。ダグ（夫）に計ってもらう私が低血圧なのは」

他の家族からは何のリアクションもない。無視された父と長女である。現在ひとり身である妹に関して、あの子には許れる血圧すらない、とぼそぼそと話していたら、

「人を死人扱いしないでよ！」

と、叱られた。冗談だってば。山田家に帰るたびに、私は、武者小路実篤の「お目出たき人」という作品名を思い出してしまうの。この間の温泉旅行の時など、お目出たさ全開だった。

そう、近頃、ほんの少し温泉通になった私は、両親を磐梯《ばんだい》山のふもとの一軒宿に招待したのである。滅多にない親孝行ってやつだ。私にプレゼントされたスウェードのジャケットを羽織った父は御満悦。乗り換え駅のトイレから出て来るなり言う。

「お手洗いの鏡を見たら、たいそうハンサムで人品卑しからざる紳士が映っていたので、ほれぼれして、不躾《ぶしつけ》にもながめていたら、なんと、自分だったんだよー、いや、まいった。で、出て来るなり、美しい御婦人が待ちかまえているので慌《あわ》てたら、ママだったよー。いやあ、世の中は、奇であるね」

母は鼻白んだが、私は言う。さ、さ、下女が御案内申し上げます。ポンちゃんの酔

いは、I got hooked on potluck party in my funny life だから。文豪（五）を超えようと名乗った文六先生。ならば、私は、文四（士）で行こう！（駄洒落!?）

新年プロ道追求

あけましておめでとう。アレハンドラ山田です。つかの間、改名いたしましたの。タニア山田という別ヴァージョンもありますの。実は、これ、今発売中の「文藝」で、星野智幸くんが命名してくれたのである。今月は、彼の大特集。私も参加して〈十の質問〉というのをやらせてもらっているので、メキシコで暮らしていた彼にラティーナ名をつけてくれろと頼んだのだ（どこが質問？　とか言われちゃいそうだけど）。これから、酔っ払った時の醜態の責任は、アレハンドラ山田に取らせようと思う。あー、山田詠美、また酔っ払ってらあ、と呆《あき》れた諸君、あれ、私じゃないから、別人だから。不埒《ふらち》な行為に及んでいる女、あれも別人。タニア山田ですから。え？　仕事をさぼってだらけてる物書き？　うーん、それは本人と言わざるを得ないであろう。でもね、皆さん、わたくし、今年こそは心を入れ替えて精進する所存ですの。そう、今年の目標は、プロに徹すること。二十年以上も物を書いてて、そりゃないだろうと言われちゃいそうだけど、時々、プロとしての修業が足りんなあ、と反省してしまうのである。私は、お酒が一滴でも入った日には字を書かないと決めているが、時々、それを逆手に取ってずるしてしまうのである。あーやる気出ない、仕事したくなーい、と感じるやいなや、缶チューハイかなんかをパキッと開けて、ごっくん。わー、飲んじゃった、飲んじゃった、もう書いちゃ駄目なんだもんねー、残念でした、ざまーみろ、という具合に。自分で自分を陥れてどうする!? って感じだが、こうすると、納得して仕事を怠けられるの。編集者からの電話にだって平然と出られる。それどころか大義名分があるので、強気な応対である。でも、良く考えてみれば、自分で創作した大義名分に意味のない強気。ああ、おれさまのプロの矜持《きょうじ》は、どこに行ったんだーっ。酒と共に去りぬなのか!? などとほざく人生に、いよいよおさらばしてみようと思うの。のろまな私に量産は無理だが、せめて、一日に一度は机の前に座ってみよう。そして、文学的考察に身をゆだねてみよう。夕めしは何にするべえ、と思い悩む時間を減らしてみよう。「実話時代」(任侠雑誌)を開いて、山口組六代目司忍組長の運命に思いを馳せるのもたいがいにしてみよう。友人に会った際の意地悪の構成を考えるのは後回しにしてみよう。辞書を隅々まで読んで、知識を増やしたと錯覚するのもたいがいにしてみよう……などと書いて来ると、いかに自分が時間を無駄に使っているのかが解る。無為徒食の輩《やから》って私のことではないか。ほんと、私って、試験勉強の前になると意味のないこと始めて時間を稼ぐへぼ学生そのものですね。で、反省して、今年の目標は、プロフェッショナルの境地をめざす、これなのである。けっ、いい御身分だぜ、と舌打ちをしている同業者も少なくないことであろう。ほんと、そう。私も同感して舌打ちしよう。ちゅっ。

散々、自身のていたらくを嘆きながら、こんなことを言うのもなんだが、私は、プロフェッショナルが好きである。特にサーヴィス業のプロは尊敬に値する。反対に言えば、プロ意識を持たずして、その仕事をしている人間をほとんど軽蔑《けいべつ》している。

この間、男友達が書店帰りに我家に立ち寄り憤慨していた。

「突然、二葉亭四迷が訳したツルゲーネフの『あいびき』を読んでみたいと思ってさ」

「ああ、国木田独歩が触発されて『武蔵野』を書いたという……」

「で、店員にどの本に入っているのかを尋ねてみた。ツルゲーネフの『あいびき』を捜しているんですって。まあ『はつ恋』と違って一般的ではないけど、今は、パソコンがあるからと思って。すると、奴は、キーボードを長い時間叩いた後に、ありません、ときっぱり言った」

「見つからなかった？」

「いや、奴のパソコンの画面を覗《のぞ》いたら、作品名『ツルゲーネフのあいびき』と、あった」

「それは、もしや……」

「そうなんだよー、その店員、ツルゲーネフっていう作家を知らなかったんだよーっ。ツルゲーネフという主人公のあいびきの話だと思ってたんだよーっ」

「なんと」

「で、おれ教えてやったの。あの、ツルゲーネフって作者名ですよって。そしたら、そうだったんですかーって……」

すぐに見つかったそうである。それにしても、書店員で、ツルゲーネフを知らない人間が存在するのか。この分では『あいびき』だって挽《ひ》き肉の種類か何かと勘違いしているのではないだろうか。やれやれ。

実は、書店では私にも似た経験がある。店員に吉田健一のある本の在庫が残ってないか尋ねた時のことである。一所懸命にパソコンのキーボードを叩く女の店員さん。私は側に立って待っていた。ずっとずっと待っていた。たかが吉田健一の検索に何故こんなにも時間がかかるのか。そう思い、私もパソコンの画面を覗いたのである。すると、そこには……吉田修一って出てたんだよーーっ。あの、吉田修一じゃなくて、健一なんですけど、と言う私に、彼女は、こう返したとさ。

「ケンイチってどういう字、書くんですか？」

うおーっ、と、私は店内を走り出した……くなったのである。吉田修一は知っていても、吉田健一は知らない……これで良しとしているの？　本屋業界。もしかしたら、こういう店員も、本屋大賞とやらに関っているの？　今の若手書店員ってこんなもん？……って、違うのである。打てば響くような応対をしてくれるエキスパートも大勢いるのである。ツルゲーネフも吉田健一も知らない店員とはレヴェルの違うプロたちも私は数多く知っている。まさか、同じ給料もらってんじゃねえだろうな。こういうのって、能力給にした方が絶対に良いと思う。と、ここまで書いて、以前、真山青果なる劇作家を知らずにいて失笑を買った自分を思い出して、ばつ悪くなっているのだが、私は書店員ではないので無視することにしよう。パソコンで知らないことを即座に検索出来るのは便利ではあるが、検索した事柄を頭の中に移動させなかったら、馬鹿のままだよ？　そして、馬鹿のままに甘んじてる奴らって多くないか？　そうでもない？　ふふん、私は、件《くだん》の男友達が行った書店で、ツルゲーネフチェックしてみようと計画中。意地悪？　そうとも！　書店徘徊《はいかい》をライフワークとする私ですもの、いくらでも鬼になるつもりよ、待ってなさいっ!!

あ、パソコンの検索で思い出したが、今年の正月、私の父は、積年のもどかしさをようやく解消していた。アメリカ留学中の姪のかなのメールをチェックしていた母親である妹のゆきに、彼は言った。

「パパには、大昔から気に掛っていることがひとつあるんだけど、調べてもらえないかなあ」

「いいよ、何?」と、ゆき。

「南洋一郎っていう昔の冒険小説を書いていた人なんだけど、お姉ちゃん知ってる?」

「ナンヨウイチロウ? 知らん」と、私。

「それが、ミナミヨウイチロウさんと読むのか、ナンヨウイチロウさんと読むのかが、何十年も謎《なぞ》のままなんだね。今になっても、気になって気になって仕方がないんだね」

オッケ、とすみやかに検索するゆき。

「パパ、大変、ミナミヨウイチロウだよ! おまけに、ここ読んでみ、南先生は、ぼくはナンヨウイチロウではありません、とおっしゃっておいでしたって出てる」

晴ればれとした表情の父。父みたいに、どっちの読み方するのかなーと長年、疑問を抱き続けて来た人って、多かったんですね。しかしなあ、私の父は、その昔、企業に勤める技術者だった。日本人がまだコンピューターのコの字も知らなかった私の幼なかりし頃、既に、二〇〇〇年問題を危惧《きぐ》していた。彼の持ち帰った大量のデータの裏側に、私は、いつもお絵描きしてた。でも、今、まったく、パソコンになど触らない。きっと、飽きちゃったんだろう。しかし、私がプレゼントした電子辞書で嬉《うれ》しそうに遊んでいる。娘の私と同じく辞書に絶大なる信頼を寄せている父は、団欒《だんらん》の最中だろうが何だろうが、解らない言葉が登場すると、本棚から広辞苑を引っ張り出して来る。しかし、もう年寄である。広辞苑は、もはや彼の手にはいかにも重たげであると思った私は、すかさず電子辞書を買いに走ったのであった。そして、今、おもちゃ。そこに収録されている人名事典に、娘の私の名が載っている、と狂喜する親馬鹿好好爺《こうこうや》である。

「でもねー、パパ、島田雅彦も奥泉光も出てるんだよー」

「あ、ほんとだ、なーんだ、喜んで損した」

興味を失ったようである。すまんね、島田。奥泉。

話はプロフェッショナルに戻るが、アメリカで驚いたのは、書店員もさることながら、ヴィデオ屋の店員の玄人ぶりである。南部に長期滞在していると、出掛ける所も少ないので一日が長い。私は、毎日、夫にブロックバスターに連れて行ってもらい、何本も借りて来て夜の時間をつぶしたものだ。ところが、日本で見逃していたのを見たいと思って捜そうとすると原題が解らないことが多い。日本で公開される際の題名は、いったい何故？　と言いたくなるくらい別なものに変えられてるので。ところが、そこの店員と来たら。

「ジョージア州サヴァンナのソサエティを舞台にした……」

「ミッドナイト　イン　ザ　ガーデン　オブ　グッド　アンド　イーヴル（邦題『真夜中のサバナ』。私は絶対、サヴァンナと読むと思うのだが）ね！　あれは、原作もいいよー！」

とか、

「ジョニー・デップに、ものすごく太ったお母さんがいて……」

「グーッド・チョイス！　趣味いいねーっ。ジョニーの役名は、ギルバート・グレイプ、違うかい？」

または、

「スーパーモデルのタイラ・バンクスが陸上選手で……」

「ハイヤー　ラーニングだね。でも、ジョン・シングルトン監督なら、やっぱりデビュー作のボーイズン　ザ　フッドじゃない？」

と、いうように、まさに生き字引き。たまげたことであったよ。ポスト　タランティーノ（知られていることだが、彼もヴィデオ屋の店員であった）がそこら中にいて、客の質問に対応しているのである。そして、答える時の誇らし気なことと言ったら！　もう、拍手したくなったほどだ。言い替えれば、これほどに詳しく、そして映画好きでなければ、ヴィデオ屋商売やってられない、ということなのだろう。もちろん、中には、まったく無知な店員（新入りか？）もいて、私の質問に答えられず、

「おおい、マーク（仮名）、ペドロ・アル……なんとか《サムシング》って監督はどこの棚？」

　などと大声で他の店員を呼んだりする。呼ばれた店員は、信じられないというように首を横に振りながらやって来て、馬鹿にしたように彼を一瞥《いちべつ》して、私を、ペドロ・アルモドバルの許に連れて行くのである。そして言う。すいませんねえ。彼は、知っているべきなのに。そう、そのくらい、知っているべきなのである。

　この間、友人たちが遊びに来るというので、大酒飲みの彼らのためにコンビニに飲み物を調達しに行った。缶類、瓶類、共に結構な量、ひとりで運ぶには、かなりの重さである。しかし、袋を二つに分ければ何とか大丈夫であろう、と思い、私は、レジ

で持参の袋を差し出して告げた。

「これと袋、二つにしてもらえますか」

店員は、頷《うなず》き、ちゃんと二つの袋に入れてくれました。飲み物ぜーんぶと、チーズを分けてね。あのねえ……。何の疑問もないようにそれらを差し出すので、レジの下にかがみ込んで自分で均等な重さの袋を二つ作りましたとも。しかし。問題は、再び同じような理由で、同じコンビニに行った時のことだ。同じ店員は、同じことをしてくれました。学習能力なし？ おまけに、すっごく投げやりな態度だし。ちょっと従業員教育たるんでるんじゃないのか？ 法律の息子！ こういう店員がいるから、きびきびと明るくレジで作業する人が目立つ。たとえアルバイトでも、そういう人は、プロだと思うのである。

近所のスーパーマーケットに、私の大好きなレジ打ちのおばさんがいる。いつも、楽しそうに客に話しかけながら、ものすごい早さで、しかも正確にレジを打ってる。ここのところ異常気象で青物高いけど、こんなに買って大丈夫？ などと、心配してくれたりする。お節介おばさんに決してならないのは、彼女の明るい雰囲気によるたまものであろう。ある時、順番待ちをしていたら、そのおばさんが会計中のお客と笑い合っていた。どういう内容かは知ることが出来なかったが、彼女が、こう言うのだけは聞こえた。
「ほーんと、これだから、おもしろくってレジ打ち止めらんないのよねー」
うひょー、この人、いい！　これから、彼女を、クィーン　オブ　キャッシャーと呼ぶことにしよう。プロフェッショナルは、日常のあちこちに存在しているものである。それに引き替え、私と来たら……いかん、暗い心持ちこそ、職業人をプロから遠ざける第一段階である。まずは、楽天的になっちゃおうっと。明日は明日の風が吹く。明日で間に合う原稿は明日書くことにして、本日はプロ到達を夢見ることにするわ、ヤッホー!!（やけくそ）
話は唐突に変わるが、皆さん、近頃の方言ブームってどう思います？　ちょっとばかり持ち上げ過ぎではないだろうか。そのせいで、勘違いな人々が増殖しているような気がする。この間も、静かな飲み屋のカウンターで、大声で携帯電話に向かって方言丸出しで話している女がいた。連れの男、そして他の客に聞かせたいのがありあり。すっごく得意気だった。方言は、その土地で話される場合、ただの自然。けれども、別の土地で使われると途端に意味を持つ。その意味の持たせ方に作為を感じる時、やだなー、姑息《こそく》だなーと、溶け込めずにいた方言による暗ーい過去を背負っている、かつての転校生だった私は、思うのである、方言は、はからずも出てしまうから、よその土地で魅力的に響くものなのに。そして、その魅力は、あくまで、始めに人物の魅力ありき、であるのに。ほーだ、ほーだ（栃木弁）。言葉のプロの隣で使うでない（こういう時だけプロ）。脳みその中身洩《も》れてたよ。ポンちゃんにとって、プロフェッショナルとは、All the credit goes 2 your charm から。心頭を滅却すれば極寒もまた熱血ポン弁だっ。

匠の技
恵《え》方《ポン》巻《まき》
八六〇円

今年は南南東に向かって丸かぶりしましょう
南南東

一月二十一日予約開始！
新潮寿司

船戸ＮＩＧＯⓇの年頭所感

先月に引き続き、あけましておめでとう。アレハンドラ山田です。まだそんな戯言《ざれごと》をほざいているのか、と呆《あき》れた諸君、いや気持は解るがしばし待ちたまえ。この「熱ポン」を長年読んでくださっている方々なら覚えているでしょう。私には、ポン暦というもうひとつの暦があって、その元旦《がんたん》は二月八日なのである。ま、バリ島のサカ暦とか、中国の旧正月みたいなものね。元旦の清々しい決意があっという間に崩れ去った後にやって来る私の誕生日。ここでまたしきり直して最初の一ヵ月ちょっとはなかったことにしちゃおっと、と自分に都合良く物事を進めるためのラブリーな一日。ハッピー　バースデイ　トゥ　ミー!!　しかし、どういう訳か、毎年その日はこの原稿を書いているの。池波正太郎さんは、元旦のその一日を必ず原稿書きに当てて気を引き締めたそうだが、私の場合、日頃の怠惰がたたって、せっかくでっち上げたフェイクな正月に仕事をする破目になっているだけ。なんという地味でしょぼくれた誕生日だろう。今年もそれは同じ……の筈《はず》だったのだが、突然、私の脳裏にアイデアが閃《ひらめ》いたのである。そうだ！　私と同じ日に孤独な誕生日を迎えている御仁がもうひとりいるではないか。そう、あの『誕生日事典』（角川書店刊）にも名を連ねるやまもと寛斎さん……と言いたいところだが、あの方は華やかなパーティの主役になっていることだろう。私と同じ孤独を抱える中央線の冒険作家の存在を忘れてはならない。そう、常に多機能のチョッキ（ヴェストではないらしい）に身を包んだ船戸与一御大である。ひとり腐って原稿書いてんのも何だかなー、と思った私は、船戸のおっちゃんに連絡を取り、共通の知人の色恋の邪魔を企《たくら》みながら、朝まで飲み明かしてしまったのであった。その言動は、とても文学者とは呼べない、ただの近所のお節介おじちゃんとおばちゃんという感じであった。同じ誕生日のせいかなあ、あんたたち二人共、すげえ似てるよ、と言うのは、たった二人きりの誕生会会場と化していたKonitz（ここで宣伝してもしなくても暇を貫く、ある意味あっぱれなジャズバー）の店主だ。……やだなー、船戸のおっちゃんと似てるなんて、女として終わってる気がする。でも、いっそのこと開き直って、私もポッケのいっぱい付いたチョッキとか着てみようか。髪の毛もヴェリイショートにして、船戸二号になってみようか。時には、テンガロンハットなどかぶってみるのも良いかもしれない。そして、小説の主人公に匍匐《ほふく》前進させる。私の小説の場合、行き着く先は布団の中だったりするのだが。飲み物も、ウィスキーに変えてみる。そして、飲みの締めは、荻窪駅前の蕎麦《そば》スタンド「天亀」で決める。幽体離脱した二人目の船戸は、縦横無尽に中央線界隈《かいわい》を駆け巡る。かくして、船戸与一は、近隣のあらゆる住人に目撃され、吉祥寺における楳図《うめず》かずおのごとき伝説の存在となるのである。女子大通りや教会通りには、ランドマークとしての船戸与一像が建立されるであろう。行きつけの店に、マオ船戸の肖像画が飾られる日も近い。ヤッホー！　船戸与一、ビバ！　船戸与一、偉大なる杉並の首領さま。私は、この先も、影武者としての責務を果すつもりよ！　それなのに、である。二人で身を寄せ合った孤独なバースデイが終焉《しゅうえん》を迎える際のことである。おっちゃんがポケットからむき出しのお札を出してカウンターの上に置き始めたので、私は慌てて尋ねた。

「え？　もしかして、私の分も払おうとしている？　そんなの駄目だよっ。今日は割り勘で……」

するると、彼は、ひと言、こう返した。

「な、訳《わけ》ないだろうが。売れてる奴《やつ》に払う金なんぞ、わしゃ持っとらん!!」

くっ……感じ悪っ！　そりゃ去年は良い結果が出たが、私は、滅多に本が出ないから、そこそこ売れてくれなきゃ生活が出来ないのっ!!　ええい、こうなったら、本気で二号として暴れてやる。天亀で、かけそば十杯食って伝説を作ってやる。あ、伝説と言えば、私たちって、あの伝説のスター、ジェイムス・ディーンとも同じ誕生日なのよね。気を取り直して、「エデンの東」の「ジャイアンツ」として、これからも「理由なき反抗」しながら、仲良く飲んだくれましょうね。ハッピー　バースデイトゥ　アス！

ところで、私は、誕生日の前、一週間もの間、実家に戻っていた。姪《めい》のかながアメリカから帰国したのである。母親である妹のゆきと成田空港の到着ロビーでわくわくして待っていた私。たった半年のプログラムではあったが、ティーンネイジャーの異国生活は価値観を変えるのに充分だろう。妹など、空港に着くやいなや早くも目を潤ませていた。ペットロス症候群ならぬ娘ロス症候群だったのだそうだ。うーん、何か解る。娘としてでなくても、山田家での存在感一番のかな。彼女がいるだけで、我家には安泰感が漂うのである。私としても、帰省の際に彼女がいるといないのとでは大違い。冗談のセンスが合うことと言ったら、親しい友人たち以上である。しかし、飛行機の到着を待ちわびながらも、私と妹は危惧《きぐ》していた。

「留学に関するアンケートがあったんだけど、その中の、あなたの留学生活の結果、何が一番変わりましたかっていう質問に、あの子何て答えたと思う？　体重って書いたんだよ。そういうこと聞いてんじゃないのに……」

ぷっ。相変わらずのようだ。それにしても、ロビーに出現するのは巨人と化した姪なのか、不安がよぎる。聞けば、ホストファミリーの家族はヴェジタリアンだったということだが、アメリカの田舎って、ヘルスコンシャスの概念を勘違いしてる人、多いんだよね。私なんか、ある時、ダイナーでヴェジタリアンプレイトを頼んだら、ひどい目に遭った。大皿に載せられていたのは、ベイクトポテト、ガーリックトースト、炒《いた》めごはんにライスコロッケだったのである。そこに切り口がぱさぱさに乾いたレタスが、ほんの少量添えられていた。くー、ほとんど全部炭水化物。夫の実家では、塩を極端に控えているにもかかわらず、山程のペパロニをピッツァにトッピングしてたし、お義母《かあ》さんなんか、ダイエットシュガーを使うくせに、アイスクリームの大箱を抱えて食べてたし。コレステロールフリーとはいえ高カロリーのマヨネーズソース（まずい）を使えと強要するし。ほんと、解ってなかった。ダイエットコーク飲んでも、ドーナッツをお供にしては意味ないだろうが。家では食べられないので、学食でチーズバーガーやホットドッグにありついている、とメールで知らせて来たらしいが、どうせ食べ過ぎているに違いない。あ、チーズバーガーで唐突に思い出した。私の職歴は多岐にわたっているが、アルバイトの面接で一度だけあっさりと落されたことがある。池袋西口のロッテリアだった。大学入学と同時に働くことを決意した私は、まず一番最初に、そこをめざしたのであった。控え室で店長さんは、にこやかに私に話しかけた。面接とも言えない他愛《たわい》ない雑談の後、彼は言った。

「きみ、うち向いてないよ」

「……何故ですか」

「ハンバーガー売るより、酒売った方が絶対合ってるって」

「……酒屋ですか？」

「わははは、グラス売りの酒だよ。バーテンダーか何かになったらどう？　でなかったら、その可愛《かわい》くない服（イッセイもどき）を替えて、コンパニオンとか。そしたらおれ、行くよ」

　くそーっと思いながら、席を立ったのであるが、今考えてみると、あの店長さん、見る目あったのかもな。自分でも、にこにこしてエビバーガー売ってる姿なんて想像つかないし。結局、新宿ゴールデン街のバーカウンターに立つことになった訳だし。

　それはともかく、母と伯母の不安をよそに元気な姿で登場したかなであった。ラスタカラーのキャップをかぶり、英語の寄せ書きで埋め尽くされたスーツケースを引いている。恐れていた程、太ってはいなかった。が、態度や話し方が完全にアメリカナイズされていた。主語や目的語を明確にする日本人らしくない話し方。私の知り合いのアメリカ育ちの日本人のそれに、驚く程似ている。やはり迎えに来てくださっていた担任の先生に、どうだったかと尋ねられてこう返した。

「友達いっぱい出来ちゃった。良い友達もいっぱいだけど、悪い友達も出来ました」

「そうだろう。サウス・キャロライナで暮していたらどうなるかなんて、伯母さんの書いた『PAY　DAY!!!』を読めば解る」

「まあ、そんなとこです」

　二人の会話を聞きながら、何となく嬉《うれ》しくなる姪馬鹿の私。今、食べたいのは、にらの味噌汁《みそしる》、ごぼうのサラダ、コンビニのお菓子に豚汁も……などというリクエストを聞きながら、宇都宮に向かった私たち。祖父母に再会して、交互に彼らを抱擁するかなを見て、老人がさらに老いて行く速度と少女が大人になる速度は同じだ、と思った。どちらも、驚く程、早い。

　さて、実家で過ごす日々は、毎度のことながら、あまりにものどかでのほほんとしている。足首を痛めていた私は、炬燵《こたつ》で怠惰な生活を……って、ああ、これって、つい一ヵ月前のお正月にもしていたことよね。でも仕方がないの。今回は、足が痛いという名目があったんですもの。私は、足首の同じ箇所をしょっちゅう痛める。もう癖になっちゃってるんだろう。若ぶって厚底の靴を履いたりするからばちが当たるのかも。今回も、またやっちまったよ、と自己嫌悪に陥っていたら、心配して来てくれた男友達が、いわゆるお姫さまだっこという運搬方法で、お手洗に連れて行ってくれた。あの後、腰骨が折れたという噂《うわさ》が流れて来たが、まあ気にしないことにしよう。カルシウムでも余計に摂取しといてくれ。可愛《かわい》娘ちゃんの特権であると思われがちなお姫さまだっことというやつであるが、あながちそうでもないのである。私がされたのは、大人になってから、これで三回目。一回目は、夫。これはハネムーンの習慣としてである。ベッドに優しく寝かされたというよりは、重くて持ちこたえられずに落とされたという方が正しい。二回目は、元格闘家の前田日明《あきら》に、である。これはロマンスとはまったく程遠いシチュエイションであった。もう何年も前になるが、私たちを含む何人かでバンドを結成しようということになり、しょっちゅう集まっては飲んだくれていた（結局バンド練習は一度だけ）。ある時、前田の言動にかちんと来た私は、彼に口論をふっかけていた。自分の言葉に興奮して止まらなくなった私を、彼は、ひょいと抱き上げ、遠く離れた席に連れて行き、そこで頭、冷やしとったらええ、と置き去りにしたのである。これもまあ、はたから見たら、りっぱにお姫さまだっことというものであろう。こんなに腹立たしいお姫さま扱いを経験したことはなかったが。そして、今回が、三回目。トイレに運ばれちゃってる。やき回って来てる？　と女友達に言ったら、四回目は介護の時だね、だって!?　きーっ、こうなったら体を鍛えて、男をお姫さまだっこ出来るようになってやる。あ、男だと王子さまだっこか。そういや、前田日明で、またもややくたいもないことを思い出したが、しばらく前に、久々、彼の姿をＴＶで見た。昼の情報番組の人物クローズアップのコーナーだった。なかなか魅力ある人物として彼は画面に登場していた。格好良いこといっぱい言ってるので、おいこら、おれさまは正体知ってるぞ、などと懐しい気持で親しみを込めて毒づいていたのだが……。最後の決め台詞《ぜりふ》がこうであった。

「ヤクに立つ人間になれ、と親父（だったと思う）に言われました」

顔のアップ。そこに、テロップが流れる。そこには、こう出てたんですね。

「約に立つ人間になれ」

……あかんではないか（©町田康くん）。アバウトな人間になっちゃうではないか。まあ、薬に立つ、よりは、ましかもしれないが。厄に立つ、よりは、さらにましかもしれないが。疫に立つ、よりも健康的かもしれないが。いっそ、易《えき》に立つにしたらどうだ。街角の占い師みたいで、それこそ役に立つではないか。このところ目に付くのだが、テロップの誤字って多くないか？　校正の人はいないのか？　ものすごく気になるのである。

我家にＴＶがやって来て以来、それまで知る術《すべ》もなかった苛々《いらいら》が、時折、私を襲うのである。それが嫌なら点《つ》けなければ良いのだが、何となーく見てしまうのよね。

特に、ワイドショウとか。今、気になっているのは、お昼に出ている北野大《まさる》という人。良識ある人間を自認するその仕方がすごいと思う。この間なんて、若手俳優夫婦の電撃離婚のニュースに、こうコメントしてた。二人の間に赤ちゃんが出来なかったのは不幸中の幸いでしたねー、だって!? うー、こういう悪気のない発言って、どうすりゃ良いのか。もし、子供が出来ていたら、その子供は不幸なのか。私の妹は、かなが赤ん坊の頃に離婚したが、親子そろって、そのことが原因で不幸になったりはしなかったよ。生まれていない子供に生まれて来なくて良かったね、と言うのは、生まれて来た子供に、生まれなければ良かったね、と言うのと同じではないか。

また、こんなコメントもあった。イギリスで同性愛者の結婚を承認する法律が制定された時。エルトン・ジョンの結婚式に世界各国から、セレブリティの招待客が集まった。そのニュースを見て、彼は、さも腹立たし気に、こうのたまった。男同士は友情や信頼で絆《きずな》を結ぶものでしょう？　あんなの許せませんよ。ぼくは、あんなパーティに招かれたって、これっぽっちもありがたくない。くくく……この時は、私のゲイの友人たちを思い浮べて笑い出しちゃったの。怒る気にもなれない。ヘテロのセクシュアリティしか知ろうとせず、しかも、そのことをゲイのそれより上だと思っちゃってる人って、今時珍しいもの。ああ、この方に「ブロークバック・マウンテン」を観せたい。これは、今回アカデミー賞に最多ノミネートされている男同士の友情と愛情と性的欲望がどのように結び付いて行くのかをワイオミングの大自然を背景に描いた映画である。私は、ひと足お先に観たのであるが「良識あると自認する人々」を黙らせるのにおあつらえ向きの作品だ。ただし、私は、カウボーイスタイルが苦手なので手放しで誉める訳には行かないのだが。ＴＶの中の色々な人たちの顔を拝見するたびに、私は福田恆存のこの言葉を思い出す。人相と人柄は心にくいほど一致している。ポンちゃんにとって耳傾けたい人は、never be fair-weather friend. あ、船戸のおっちゃんもカウボーイ？

とっぴな二号生活

こんにちは。花粉症のため、引き込もりがちになっている船戸二号です。それでも、ぬくぬくとして来た空気にじっとしていられず、春の気配を追いかけて散歩に出てしまい、鼻水と格闘している次第です。あ、先月号をお読みになっていない皆さんにお断わりして置きたいのですが、この船戸二号というのは、船戸与一の愛人を意味する二号さんのことではありません。鉄人28号と同列にある二号と思っていただきたい……と、ここまで書いて思ったが、今の若者諸君には、どちらの意味であっても通じないんだろうな。そう言えば、消えたね、二号さんって呼称。昔、既婚の男性に経済的援助を受けている愛人を二号さんと呼んでいた。私ぐらいの年齢なら、幼ない頃から、その呼び名の意味するところを理解していたし、また、何やら禁断の匂いを嗅《か》ぎ取っていたことだろう。普遍的な言い回しであるのに、使うのに躊躇《ちゅうちょ》する言葉。ここで辞書を引いてみることにしよう（こういう場合は「新解さん」が適役だ）。

にごう【二号】㊀順に出来る同種の物の二番目（のもの）。㊁〔本妻を、一号と見たてて〕「めかけ」のえんきょくな言い方。〔「れいごう（零号）」とも言う〕

ほう。ちなみに広辞苑を引くと、「めかけの俗称」とあるだけである。さすが、新解さんだな、気をつかって「婉曲《えんきょく》」なんて言葉を使ってるよ。男女の機微に一家言あるからね。頼りになる御仁だ。もっと御教示を賜ろう。今度は、その「めかけ」というのを引いてみる。

めかけ【妾】その男性と肉体関係を持ち 生活を保証されているが、正式な妻としては扱われないで暮らす婦人。（中略）↕本妻

え？　↕って対義語のことよね？　妾の反対語って本妻だったの？　うわあ、こいつは初耳だ。二号の本来の意味は、順に出来る同種の物の二番目、とあるのに。同種の物……そういや、私の知り合いの愛人持ちの男どもの何人かは、この本来の意味を踏襲している。妻と非常に似たタイプを愛人にするのである。彼らに打ち明け話をさ

れるたびに、私は呆《あき》れるのである。何故だろう。何か、トラウマのようなものがそうさせるのだろうか。それとも、マニュアルが出来ているから楽なのか。うーむ、と他人の恋路を酒のつまみにするのが大好きな私は考えるのである。二号にあって一号にないものは？　新鮮さか。それでは、一号にあって、二号が獲得していないものは？　安心か。一貫した好みの中で両方を手に入れようとすると、相手がひとりではまならなくなるのか。なーんか、結婚生活の永遠のパラドックスが浮き彫りにされて来るような気がする。そう、ひとりですべてを満たしてくれる人って、なかなかいないものねえ。しかし、妻と愛人のタイプが似ていればいるほど、発覚した時の二人の敵対心はすごいものになりそうだ。と、すると、一号二号と続きながらも、やはり対義語？　新解さん、やはり、あなたは深い。でも、零号《れいごう》ってのは聞いたことない。いったい、どういう語源？　ゼロの愛人って、役立たずって感じがする。昔、私もやったことある気がする。愛人零号。ちなみに、「鉄人28号」は昔の漫画。びゅーんと飛んでくてーつじん、にじゅうはーちーごー、グリコ、グリコ、グーリーコーと、TVを観ながら歌った幼少の頃。提供、グリコだったんですね。ちなみに、「エイトマン」はふりかけの丸美屋。のりたまの次に、すきやきふりかけが発売された時は衝撃であった。そして「狼少年ケン」の提供は……ああ、思い出せない、森永だったか。実は、私、あの主人公のケンに酷似していると評判だったのである。調子に乗って、腰蓑《こしみの》に見立てたスカートだけ穿いて（上半身裸）、皆の前で主題歌を歌ったものだ。今でも歌える。自慢にもなりゃしないんだが。「スーパージェッター」も「宇宙少年ソラン」も歌えるよ。ますます自慢にもならないのだが。あ、「紅三四郎」もね。彼なんか、私のヒーローだったんだから、理不尽な母の小言に耐えている時、ここでアニメの世界だったら三四郎が救いに来てくれるんだが、と思い心の中で呼んでみたりもしたが来やしなかった。当然だが。ヒーローって、ほんと、使えねーな。

などという話、同世代の人たちとはおおいに盛り上がるのだが、お若い諸君には何のことやらさっぱり解らないでしょう。普段、親友同士よろしく会話を交わして、まったく違和感のない姪《めい》のかなだが、時々、私の使う言葉が、彼女の世代においては、消えたどころか、あらかじめ存在していなかったことに気付いて、驚いたりする。この間、ある人物に対して私が、あの人ってがめついよね、と言った時のこと。彼女は、きょとんとしていた。それってどういう意味？　方言？　だって!?　強欲も、欲ばりも知っている。けれども、それらと微妙にニュアンスの異なる「がめつい」を知らないのである。がめつい人が、もう存在しない世の中になったのか。あるいは、増え過ぎて、ことさらそう形容する必要がなくなったのか。私は、後者だと思うのだが。そして、欲しい物をすべて与えられている今の子供たちには、そういう人々が目に映らない。願わくば、インヴィジブルメンを心に棲《す》まわせて平然としている鈍感な大人にはなって欲しくない……のであるが。

ギャップがあるからこそ愉快な姪との交流と認識しているにもかかわらず、あまりに自然な会話のために、ついつい、そこのとこを忘れちゃう。この間も、そうだった。アメリカから帰国したかなと成田から宇都宮に向かう途中、彼女が尋ねた。

「ねえねえ、うちがいない間、日本で何かニュースあった？」

「うーん、山田詠美が谷崎賞を受賞したとか？」

「おめでとう、でも、小さっ!!　もっと、ビッグニュースないの？」

「あ、本田美奈子さんが亡くなったよ」

「……誰、それ？」

「えーっ、本田美奈子を知らないの？　ほら、昔、和製マドンナとか言われて、おへそを出した衣装着て歌ってた……」

「あー、あの人!!　うっらら〜うっらら〜とか歌ってた人！　ＴＶの昔の歌番組特集で見たことある。へえ、あの人、死んじゃったんだ」

……それは、山本リンダだろう。勝手に死んだことにしちゃいかん。しかしなあ、うっかりしてた。本田美奈子を見たことがない世代だったんだなあ。なんて、実は、私もリアルタイムにはTVから遠ざかっていたので、実際には見ちゃいないんだけどさ。ちなみに、山本リンダは見てました。子供心に、どうしちゃったんだろ、この人……と呆気《あっけ》に取られながら画面を凝視したものである。というようなことをかなに告げると、え？　昔ってあれが普通だったんじゃないの？　と、意外だという表情を浮かべる。ほら、昔の人って、過激だったじゃん、だって。うーむ、そう見えるのか。この発言に、今の時代の有様が反映されてるようにも感じられるのだが。確かに、今の時代、どんなに過激な行動を取っても、昔のとっぴさにはかなわない。え？　とっぴ？　突飛……この言葉の意味もきっと解らないんだろうな。でも、良い死語だ。身内で復活させよう。心の中に、「とっぴ」を隠し持った隅に置けない人物として精進して行こうと思う。

そこで、船戸二号は、船戸一号の持つ熱川の別荘に、友人を連れて表敬訪問の旅に出た。熱川と言えば、花登筐《はなとこばこ》先生の作品「細うで繁盛記」の聖地ではないか。山水館といううつぶれかけた旅館を、苛《いじ》め嫌がらせにも屈せず再生させた女の一代記。子供の頃、TVドラマ化されたそれを夢中になって観たものだ。夜、遅い時間帯だったので、いつも母に、いい加減に寝なさい！　と叱られていたっけ。この間、リメイクされて放映されていたみたいだけど、きっと、昔のやつにはかなわなかったと思う。あのとことん根性の悪い（しかし、笑える）冨士眞奈美（だったよね？）の演技には誰も太刀打ち出来ないだろう。

最近、すっかりTVっ子になった私は、昔の番組も良く思い出す。TVって、色々な意味で「慣れ」のもんだなあ、と思う。何年もTVなしで暮らしていた時は、日常にTVという言葉すら存在していなかったのに。今は、何となく点《つ》けちゃう。案外、おもしろいじゃん、と思うこともあれば、どうしてこんなにつまらないんだろうと感じることもある。でも、観る。ナンシー関さんさえいれば、このつまらない番組も、おもしろくなるんだろうなあ、なんて残念がりながら。昔の番組は、もっとおもしろかったんじゃないか、などと首を傾《かし》げてしまうのは、その頃のTVが子供時代の記憶と結び付いているからだろう。子供は「とっぴ」を感じる数が大人よりはるかに多いし、そして、それは、常に新鮮さと結び付いている。新鮮なものは、いつだって、人の気を引いて、おもしろい。

それはさておき、熱川である。船戸別邸は、水平線を望む、ゴージャスなリゾートマンションであった。地下には、並の温泉旅館もかなわないような広々とした浴場があり、もちろん源泉かけ流し。しかし、男やもめの隠れ家としては、どうなんだろう。

まわり、おばあちゃんだらけだよ？　おっちゃん、これじゃ枯れちゃうよ。北欧製のソファの上に、ヴェストならぬチョッキならぬチャンチャンコ着て、ちょっこり座っちゃってさ。わしの本の取材には金がかかってたまらん、とかぼやいていたけど、いっそのこと恋愛小説家に転向してみてはどうだろう。元手は自分の色恋だし、達人になれば、それってただで出来ちゃうよ？　北方謙三キャプテンみたいにクルーザーなんて所有出来なくても、あなたには、これまでの冒険談がある。いつも着ている多機能のチョッキのポッケの中から、数々のネヴァー・エンディング・ストーリーを取り出して、女子のアドヴェンチャー魂に火を点けるのだ。そして、荻窪界隈《かいわい》での実力を見せつけ感嘆させ、おれの駆け抜けたジャングルに行ってみないか、と誘い、承諾を取ったあかつきには、いよいよ、その女子を熱川へと誘《いざな》う。あら、ここって伊豆じゃないの？　などという疑問を持ち出される前に、すみやかに、駅前のバナナワニ園に拉致《らち》してしまうのだ。ワニさえいりゃあ、こっちのもんだ。熱川だろうが、ジャングルだろうが解りゃしねえよ。おれといれば、ジャングルも手の届く場所にある、とか何とか言ってやりゃあいい。まあ、さすが世界をまたにかける冒険小説家だわっと、女子は、ぽーっとしてしまうであろう。その隙《すき》をねらって、ただちに売店に直行する。そこでは、ワニウサギのマスコット人形が売られている筈《はず》だ。ワニの口をぐわんと広げると、のどちんこにいたいけなウサギが鎮座している。ルーツは民話か何からしいが、詳しいことは知らん。私は、柳田国男ではないからな。でも、このワニウサギは使えると思うのだ。このワニのように、わしゃ可愛《かわい》いおまえを食ってみたいもんじゃのう、とか言ってみる。げっ、人食い人種か!? と勘違いするような鈍感な女は、そこで捨ててしまいなさい。本当に檻《おり》の中のワニに食われてしまうが良い。おっちゃんの純情をもし理解出来る女なら、自らをウサギとして献上しようと思うに違いない。そんな決意を固めた彼女の瞳《ひとみ》に映るおっちゃんは、もうワニではなく、お釈迦《しゃか》さまに変身しているであろう。がんばれ、恋愛小説家! ジャック・ニコルソンへの道は、すぐそこだ!!（映画「恋愛小説家」のジャック・ニコルソンは、とってもチャーミングでしたね）

ふう。当然のことながら、私たちの滞在中にそんな事件が勃発《ぼっぱつ》する筈もなく、西荻窪 Konitz（もう宣伝しても無駄かもと思いつつも書かずにはいられない、暇伝説を更新し続けるある意味、肝の座ったジャズバー）の常連たちが場所を移動して来ただけ、という飲み会が始まったのであった。夕食のメニューは、すき焼きである。何故？ 海辺の保養地、熱川なのに。夜だから海も見えないし、杉並にいるのか伊豆にいるのか、途中からさっぱり解らなくなった酔っ払いたちの宴であった。

それにしても、船戸式のすき焼きは豪快であった。最初の材料の下ごしらえをしたのは私であったが、ほら、エイミーズカフェのオーナーシェフを自認する手前、料理屋さんぽく、綺麗綺麗《きれいきれい》に野菜や豆腐などを切ってしまったのね。隠し包丁を入れたりなんかして。しかし、並べてみると何か違う。冒険作家の食卓には、全然相応《ふさわ》しくないことに気が付いたのである。そう！　足りないのは、ワイルドネス。こんなんじゃあ物足りなーい！　と皆、思っていたのかどうか、私の用意した野菜は、あっという間に大食漢たちの胃袋へと消えた。全然腹いっぱいになんねーという声が上がった。すると、冒険小説家は、のそりと立ち上がり、自ら台所に行き、袋に入ったままの食材を抱えて戻って来た。どうするのだろう、洗わなくては、切らなくては、と思う私。そんな私の思惑などものともせずに、彼は、はしから袋を破り食材をぶちまけたのである。そこに、割下と日本酒をどっと注ぐ。じゅわーっというすごい音。呆気に取られましたよ。だって白滝なんか、水の入った袋に手を入れて、いきなりつかみ投げなんだもの。しかし。やっぱりこう来なくっちゃ。これこそ、船戸式ディナー、熱川随一のシェフズ・テーブルの完成である。皆、夢中になって飲んで食べた。そして、酔っ払って、爆笑の連続。いつのまにか、まだまだいけそうなおっちゃんを残して、全員、雑魚寝《ざこね》に突入してしまったのであった。

翌朝、誰よりも早く起きた私は、昨夜の残骸を片付け始めた。おかしいなー、鉄鍋には、まだ大量の白滝が、おつゆを吸って、ほとんど真っ黒になった状態で残っていた筈なのに、消えているよ。私は、宿酔《ふつかよい》の頭を必死に働かせて最後まで起きていた人物の顔を思い出そうとする。あ、そうか。え？　そうすると、私たちが寝た後も、あのおっちゃん、ひとりですき焼きしてたんかいな。既に、輪ゴムみたいになってた白滝、ぜーんぶ、たいらげちゃったのかい？　うひょー、さすが、匍匐《ほふく》前進の小説書いてる人って違うなー。ボーン　トゥ　ビーワイルドってやつ？　でもさ、おっちゃん、次は、女の子の寝床に匍匐前進することも考えてみようよ。ま、夜《よ》這《ば》いってのと同義語ですが。ポンちゃんにとって、二号の役目は required subject of our friendship. 船戸与一の嫁さん募集！　もれなく二号も付いて来ます。

熱川名物

船戸式 すき焼き

源泉かけ流しの温泉を有する
熱川唯一のシェフズ・テーブル

熱川 船戸別郎

駄目駄目爛漫指南

ああああ。またもや起床するやいなや自分自身に人間失格の烙印《らくいん》を押した私。昨夜の記憶が途中から曖昧《あいまい》なままなのである。吉祥寺の某居酒屋で漫画家の江口寿史《ひさし》さんと遭遇して言葉を交してもらい、舞い上がった女二人の内のひとりであった私。きゃー、なま江口だー、と喜んだ、そこまでの記憶はあるのだが。翌日、恐る恐る連れであった講談社Ｓｔｙｌｅ編集部のサトーに電話をする。

「あのー、つかぬことを伺いますが、昨夜、わたくしはどのように家に辿《たど》り着いたのでしょうか」

「タクシーで私が落として行ったよ」

「あの、何かその前に失礼な振る舞いでもしましたでしょうか。いや、あんたはどうでも良いんだけどさ、江口さんとか店の御主人とかにさ」

「泣きわめいて叩《たた》いてたよ」

「嘘《うそ》!?」

「わははは、嘘だよーん。案外普通だったよ。でもさあ、だいたい、あんたねえ、待ち合わせた時、既に酔っ払いだったよ。だから、私は、見守っていたんですよ」

「……うむ、よかろう。これからも、おれさまのお目付け役として精進するように」

「精進し過ぎて、悪酔いしちゃいましたよ」

そこで、しばしの間、しょんぼりした私たちであったが、速攻で気を取り直して次の飲み会の約束をして電話を切った。あー、ほーんと、いつまでたっても、駄目駄目な私。でも、昨日駄目駄目だったのは、私だけではない筈《はず》である。彼女との待ち合わせのためにひと足お先に失礼した奥泉光家での花見の会では、既に行き倒れ寸前の人々が、さらに盛り上がろうとしていた。彼らも、本日は、私同様、どよーん、としていることだろう。いったい何故《なにゆえ》に酒の酔いの楽しみは制御不可能なのであるか。井の頭公園の花見で騒ぐ傍若無人な小僧どもを決して非難出来ない私。今度こそ反省して、明日から新しい志を掲げて生きて行きたい……などと決意したのであるが、つい室生犀星の『或る少女の死まで』（岩波文庫）なんか読み返しちゃって、途端に気持は暗くなっちゃった。この作品、のっけから飲み屋での大喧嘩で始まってしまうのである。はかなげで清い心を持った給仕の少女の前で酔いどれ暴徒と化した犀星先生一味は玄人《くろうと》筋の男に怪我をさせてしまい、裁判沙汰《ざた》に巻き込まれる。その時の出来事は、犀星の心に深ーい傷を残す。警察に呼ばれて入った留置場から出た彼は、翌日、再びその酒場に出向く。そして、自分を心配して悲しみをたたえる少女を見てこう思うのである。

〈この小さい子供は私のあのときの容貌をきっとどんなに恐ろしく感じたであろう。そして人間が大きくなると何という獣に近い兇暴になることであろうと感じたにちがいないと思った。私はかの女の瘠《や》せた肩や、手や足を見た。それらがどんなに昨夜震えながら恐怖の念《おも》いに充たされたことかと、幾分の恥かしさを感じた。本当にはずかしい事だ〉

ああ、そうです、そうです、ごもっとも。私も、この清い心を持った少女ならぬ少年の給仕でお酌を受けていたら、我身を反省することが出来たかも。だけどさー、私の周囲なんて、どこを捜しても清い少年どころか、清い青年も、清い中年もいないよ。だから、ま、いっか、と開き直ってしまうのね。犀星の周囲には、可憐な少女や姉さんたちがいつも存在していて、彼に、我身の不甲斐《ふがい》なさを嘆かせるのね。タイムトリップして、お側に行って差し上げたいものだわ。そして、酒飲みの厚顔を貫く作法をお教えするのだわ。

〈彼女は走って来て私をささえようとした。小さな一疋《いっぴき》の蝗《いなご》のように清く瘠せた神聖な彼《か》の生きものの声は、私の奥の奥まで、しかも雷のようにひびいた。酔ってはならないと心で誓いながら、私は何という人間の屑であろうかと思った〉

なんて、絶対、言わせない……っていうか、この自己否定具合って、もしかしたら、酒の肴《さかな》？　つまみ？　アテ？　塩辛《しおから》や酢の物みたいなものだろうか。そうなの？　もしそうなら、私の出る幕などないだろう。当然、故・中上健次兄さん（愛すべき傍若無人系酒飲みの鑑）の出番もないだろう。ま、意味不明だが。そう言えば、唐突に思い出したが、奥泉邸には、島田雅彦一家がいて、例によって、島田は七輪の前で焼き物番長になっていた。彼は、かつて、治安の悪い新宿の文壇バーで、ナイチンゲール島田と呼ばれていた。彼のすみやかな手当てにより、どれほどの人々が命拾いをしたかしれない（噂《うわさ》だが）。日本文学を守って来た陰の功労者と言えよう（定かではないが）。この先、万が一、私がトラブルのために負傷したら、彼を信頼して身をゆだねてみようと思う。しかし、そんな私の横で、七輪の上に載せられた金目鯛《きんめだい》の干物を、団扇《うちわ》で、ただただあおいでいるばかりであるのは想像に難くない。やはり穏便にたしなむ大人《おとな》の酒飲みをめざそうっと。だからね、サトー、お目付け役のあなたの負担も少しは軽くなると思うの。それはそのまま、私が彼女のお目付け役になる回数が増えることに他ならないのであるが。

講談社のサトー。前に家が近所であったので、彼女と無為に愉快に過ごした夜は数知れないが、この春ほど、彼女の顔を思い出したことはない。日本じゅうが野球に熱狂したＷＢＣの試合の数々。私も観た。野球には何の興味もないのにＴＶを食い入るように見詰めた。そして、日本じゅうのファンの人々とは別の理由で感嘆していた。サトーと上原投手って、なんて似ているのだろう、と。絶対、姉と弟だと言われれば信じる。かつて、私は、週刊文春の顔面相似形という特集で、野茂投手と並んでグラビアに載ったことがある。その写真は本当に似ていて、それこそ姉と弟と言っても良いくらいだった。と、言うことは、だよ。サトー、私たちちって、すごい投手を弟に持ったライバル同士ってことになるんじゃなーい？　それとも、同じ境遇にいる者同士として、労《いたわ》り合う？　もうこうなったら、お目付け役同士なんて立場忘れて、高飛車になっても良いと思うの。乾杯しましょうよ、乾杯!!　ちーん。と、いうことで、熱さは喉元《のどもと》を過ぎる前から忘れ去られるのである。ちなみに、サトーの父上は、時代小説をお書きになっている直木賞作家の佐藤雅美氏である。そして、サトーと佐藤さんの顔も、ほんと、そっくり。だから、上原くん、サトー、佐藤さんを並べて、薄目でぼかしてながめると、ものすごいグラデーション効果があると思う。いや、別に、それだから何かの役に立つとかではないのだが。ただ、誰かが誰か（あるいは、何か）に似ていると発見するのは楽しい。私の担当編集者の男子で、どう見ても綿棒に似ている人がいる。モアイ像に似ている知り合いのジャズミュージシャンとか、モップに似ている女友達とか、岩清水弘に似ている奥泉光とか。今は、ジャン・レノやショーン・コネリーの路線をねらっているであろう北方謙三キャプテンだが、その昔は、どう見ても天知茂《あまちしげる》だった。うちの父なんかは、百人一首の蟬丸《せみまる》とコアラと並べて、かすみ目で見ると、完璧《かんぺき》なるグラデーション兄弟である。そこに、お茶の水博士を追加してもいけるかもしれない。私の二番目の姪《めい》は、伯母のひいき目と笑って下さって結構だが、タレントの佐藤江梨子に似ている。しかし、自民党の片山さつきにも似ている。「しかし」なんて言っちゃ悪いんだが。三番目の姪は、眼鏡をかけると女優の高木美保に似ている。しかし、外すとボクサーの亀田興毅《こうき》になるのである。この不思議。この場合の「しかし」は、妥当だろう。

ところで、この間、十数年ぶりにTVのトーク番組に出演した。お相手は友人の井上陽水である。終了後に町田康くんを呼び出して、三人で明け方まで飲んだりして、とても楽しい一夜だったのだが、オンエアされたそれを見たら、私は、ただのでぶちんであった。TVでは誰もが太って見えると言われているが、私は「見えた」のではなく、ここ一年近く本物のでぶちんなので、ダイエットでもするかい、と思い立った。食事制限？　筋力トレーニング？　否!!　名付けて、それを「小説ダイエット」という。私の場合、小説書きが一番のダイエット。書き終わると途端に体重が増えるのであるが。自分でも何故だか解らない。知らず知らず執筆のためにはコントロールしているのであろう。多忙の同業者の方々からすれば、けっ、てなもんだろうが。もうじき新しい小説に取り掛るので期待はしているのだが、時は春。身も心も今の内に軽くしておきたいものだ。でもなあ、TVや映画でクィーン・ラティファ（ラッパーで女優で司会者のアフリカ系女性のカリスマ）を見るたびに、ま、でぶちんも、また良しかなあなんて思ってしまうの。昔、デビュー当時の彼女のステージをニューヨークで観た時に、こーんなに格好良いでぶ見たことない！　と拍手したものだ。最近では、映画「TAXI　NY」も最高にクールだった（内容はくだらなかったが）。今では、すっかり英語力の低下した私だが、かつては彼女のアクセントや言い回しを必死でコピーしようとしたものだ。彼氏、ニューヨーク出身のブラザーでしょ？　と必ず聞かれたが（その通りだけどね）。この間、林真理子さんが、どこかのエッセイで、女が年を取った場合、開き直るか美に対して向上心を持つかの二種類に分れる。昔の自分は前者だったけれども今は後者だ、というようなことをお書きになっていたが、うう、私と来たら明らかに前者である。それも、今も昔も前者の開き直り人生。駄目駄目街道まっしぐらである。爪《つめ》の垢《あか》でも煎《せん》じて飲むべきだろう。面倒臭がりの私は、美容という言葉を聞いただけで気が遠くなってしまうの。遊びとしてのお洒落《しゃれ》は好きだが、人に好感度を与える装いに関しては無知に等しいし。服飾評論家のピーコさんと出した対談集の中でも、「詠美は（お洒落に関して）児童！」とはっきり言われちゃってるし。もうこうなったら開き直りを貫いて、クィーン・ラティファをめざしてしまおう。いや、彼女は太っているだけで、たぶん色々気をつかっているんだろうが。アカデミー賞のプレゼンテイターを務めた時のドレスも素敵だったし。でも、少しばかりダイエットも……などと逡巡《しゅんじゅん》している内に、今、読んではいけない本に出会ってしまったの。それは、『食《しょく》道楽』（村井弦斎《げんさい》作、岩波文庫）。明治時代の新聞連載小説である。当時の高等遊民が、あーだこーだと食に関するうんちくを部厚い文庫上下巻にわたって延々と語り合うというそれだけの内容なのだが、何とも言えない味があるのだ。巻末に、台所用具や食材に関する資料が添えてあるのだが、原名と訳名に関する記述がとってもキュート。サルモン→鮭、ポークエンドビーンズ→豚にささげ、ブレーキファストスチューパン→朝飯用蒸鍋、マカロニ→うどんの類、などなど。本文中の料理の注釈もいかす。トース（トースト）やら、コルンスタッチ（コーンスターチ）やら、カスタープデン（カスタードプディング）などが登場するが、これって書物からではなく耳から入った料理だよね。だって実際の英語って、そう聞こえるもの。トーストではなくトース。ミートソースではなくミーソー。この本、食いしん坊の好奇心、すっごく満たしてくれるのである。たとえば「イチボ」ってありますね。牛肉のお尻《しり》のあたりの肉。刺身でも、ステーキでも絶妙の脂肪ののり具合と歯ごたえが美味のあの箇所。私は常々、どうしてそう呼ぶのかなーと疑問に感じていたのだが、実は、英語から来ていたなんて！　知っていましたか、皆さん!!　あれは、Each bone が語源なのです。お尻のあたりで骨が二つに分かれ、その周辺の肉だから、イーチボーン進化してイチボ。なーるほどーっと、思わず膝《ひざ》を打ってしまったことである。焼鳥屋さんとかモツ焼屋さんにある「ハツ」が実は心臓のハートから来ている、と知って以来の驚きであった。なんて、こんなことに一喜一憂しているようでは、ダイエットへの道は遠いですね。もう磨きをかけるべきは料理の腕しかないでしょう。この原稿が終わったら竹の子と蕗《ふき》の炊き合わせに初トライするつもり。上手に出来るかな。

料理好きなら誰でも、お気に入りの料理家やフードジャーナリストによる本を持っていることだろう。私の場合、日常的に役立たせてもらうには、平松洋子さんや高山なおみさん。孤高の憧《あこが》れとしては、辰巳芳子さんである。皆、レシピのみならず文章が素敵だ。特に高山なおみさんの『日々ごはん』（アノニマスタジオ刊）などを読んでると、下手な恋愛小説を読むより、ほろりとさせられる。夫のスイセイさんとのやり取りの描写なんて、まるで田辺聖子さんの小説を読んだ時のような読後感。たとえば、勝手に引用させていただくが、

〈最近、夜ごはんの写真をデジカメで撮っている。「はーい、笑ってのう」と言いながら、シャッターを押していたスイセイ。〉

なんてところ。あるいは、

〈ずっといっしょに暮らしてふたりの匂いが布団に染みつくように、私の作ったごはんをスイセイがおいしがるのは、たとえば私がスイセイを食べてしまい、私の体の中でスイセイが喜んでいるような、そんな感じさえする一体感だ。〉

なんてところも。自分のこしらえたおいしいものを喜

花見の主役《其の壱》
『焼き物番長』

（作法其の一）
団扇でただただあおぐ。

新潮社刊『花見の作法』より

んでくれる人が側にいる幸せと、そうでなくなった時のそこはかとない心許なさの漂う文が、点在している。そこには、プロの小説書きが持たない無防備故の価値がある。よし！　私も、料理道をまい進する！　そのための味見による体重の増加には、少々目をつぶろう……っていうか、さっさと「小説ダイエット」に突入しろって感じですね。

あ、話はまったく違うが、私には、ここのところ、ずーっと気に掛って仕方のないことがある。例の民主党の偽メール問題である。ほぼ解決したことになっているみたいだけど、私の中では全然解決していないの。世の人々とは、これまた全然違う理由で。それは、永田議員が問題提起したあの台詞《せりふ》。「お金で魂を売ったのは自分じゃないですか！」ってやつのせい。「お金で〜」と来たら、「売った」ではなく「買った」と続くべきではないのか。けれど、そうすると、質問相手が変わる。本来なら、お金「のために」、と言うべきなんじゃないの？　「魂」と言うから曖昧《あいまい》にされたままなのだ。そこに、大根とか、饅頭《まんじゅう》とかを当てはめてみると、明確に変である。こんなこと気にかけてるのって私だけ？　お金で大根を売った……やくたいもなくてすまんね。ポンちゃんにとって駄目駄目道は be fussy about peculiar taste. 私はお金「のために」イチボを売った男友達を知っていますが……。

路地裏の散歩者

ゴールデンウィークまっただ中である。誰にも遊んでもらえない、どこに行く予定もない暇な私（ま、いつものことだが）。散歩三昧《ざんまい》、読書三昧、料理三昧、大酒三昧、空想三昧……うわ、結構、色んなことで充実してるじゃん？ と自らを誉めてやろうと試みるも、それらに、まったく生産性のないことに気付いてうなだれるばかりである。私って、まるで隠居じいさんみたいだ。でも、いいの。ここは、中央線。私みたいな人間を見かけるのは日常茶飯事。このぬるーい感じとか、ゆるーい雰囲気って、きっと風土病ね。この間も、西荻窪の商店街で、コロッケ一個買って食べながら歩いていたら、男友達に言われちゃった。おまえも西荻住人になっちゃったなーって。きー、違うの！ 私は、元ニューヨーカーなのっ。気分としては、十四丁目の屋台でジャイロ（中近東のサンドウィッチ）を買い食いしながらヴィレッジに向かうところのアーティストなのっ！ 横を流れるのはハドソン河よ。え？ 善福寺川？ いやーっ、そんなの信じなーい。などと言っていたら、知り合いの建築家がサンダルばきで歩いて来るよ。良く行く飲み屋の主人が西友の袋を下げて手を振っているよ。あ、自転車で通り過ぎて行ったのは、近所に住む担当編集者ではないのか？　くわばら、くわばら。頼まれている書き下しには、まだ一行も手を付けていないよ。煙草買う振りしてやり過ごそうっと……え？　煙草？　スモーク？　うわ、ポール・オースターの世界ではないか？　やっぱり、ここはニューヨーク？　なんて、馬鹿な連想をし始めると止まらなくなるのである。住めば都というけれど、私って、どこに住んでも、そこを都にしてしまう脳天気（本来は能天気と表記するらしいが、私の場合こちらであろう）。外国に長逗留《とうりゅう》したらしたで、今度は東京に思いを馳《は》せておもしろがるのである。サウス・キャロライナはビューフォートのショッピングモールで、ここ昭島のエスパじゃん、外人多いし、と懐しがったり、ブロンクスのパークチェスターのガード下では、飯田橋を思い出して暗くなってみたり（昔、ホテルエドモントに毎月カンヅメになっていたので）、マンハッタンのバウアリーの場末のバーで、山谷か、ここは？　と行ったこともないのに想像してなごんだり。なんと、ナミビアのダイアモンド採掘場跡では、クローズした足尾銅山を思い出してたものなー。そして、また、逆もしかり。こういう楽しみって、年齢を経て、経験を積み重ねた末にようやく訪れるものだなあと、つくづく思う。フラッシュバックの贈りもの、とても言いますか。その代わり、若い頃のような新鮮な感動というものはない。どちらが素晴しいか、なんてことは言えない。楽しみ方の推移はコントロール不能である。時間の神様の思うがまま、瞬間を楽しませていただくしかないだろう。そう、だから私は、野放図に日々の喜びを享受していますの、ほほほほほ……などと開き直っていたら失敗した。散歩の途中、家具屋の店先で、変な彫りもののある木の椅子《いす》を見つけた。私を呼んでいるような、うい風情。いいじゃん、と思い、即購入して剝《む》き出しのまま抱え、行きつけの飲み屋に。そして、一杯二杯と飲んでいる内に、その椅子、どうでも良くなっちゃった。ま、いっか、と置き去りにして帰って来てしまったのである。そして、今もまだ、その椅子は店に置かれたまま。結局、私は、飲み屋に椅子を寄付しただけだった。……何のために？　さあ。散歩とは、時に予想のつかない展開をみるものである。

私の好みの散歩コースには、りっぱなお屋敷が並んでいる。しっかりと美しく古びたいかにも昭和初期の建築もあれば、映画「呪怨《じゅおん》」に出て来そうな不気味なたたずまいのものもある。覗《のぞ》き見はしないが垣根越しに見える庭は愛《め》でさせてもらう。どこもそれなりに独得の雰囲気が漂っていて、通り過ぎるだけで楽しくなるのだが、その内の一軒が、ずっと気になっていた。その家の軒下には、何本かの巨大なサボテンが植えられているのである。ほら、メキシコの砂漠の映像なんかで見る、岡っ引きの振り回す十手みたいな形の背の高いやつってあるじゃない？　あれ。日本の庭でなんてお目にかかったこともない。しかも、一階のひさしを抜いて二階の屋根まで届きそうな成長ぶり。うーむ、あっぱれ、といつも心の中で応援していたのであるが、その日、垣根の隙間《すきま》から、庭の手入れをしているおじいさんが見えた。う、いかん、うずうずして来た、と思ったものの通り過ぎた。けれども、私は、歩きながら逡巡《しゅんじゅん》していた。いいの？　このままで？　これって、一期一会ってやつじゃない？　そう感じたら、いても立ってもいられなくなり、私は来た道を引き返して、おじいさんの元に走った。そして、垣根越しに声をかける。

「あのー、そのサボテンは、どうして、そのように大きくなられたのですか？」(何《な》故《ぜ》か敬語)

いきなりの質問に驚きを隠せぬおじいさんは、返答に困り口ごもる。私は、警戒心を解いてもらうために、植物を愛する善良な市井《しせい》の人の笑みを浮かべ、無垢《むく》な心によるる衝動の突飛さを少しばかり恥じるかのように肩をすくめ立ち尽くし、次の言葉を捜しあぐねる……という演技をした（名演技のつもり）。

「いや……別に、何もせんかったが」

おじいさん、固まる。その様子は、私の女優魂に火を点《つ》けた（そんなもん、あったんかい、と言われちゃいそうだが）。私は、世界をまたに掛ける、冒険にこの身を捧げた女よ！　今は、三浦屋（近所のスーパー）の袋なんか下げているけど、心の中では、あらゆる国々から与えられたサウダージが渦を巻き、そこから生まれる支流は美しい糸のように絡まり、あたかも郷愁の織り込まれたタペストリーのようになって、私の感受性を覆っているのよ。ブエナス　タルデス。ケ　ボニータ　エス　ウステ！（これってあなたはなんて可愛《かわ》い娘《こ》ちゃんなんだろう！　という意味。北方謙三キャプテンの使える唯一のスペイン語）

「実は、私、メキシコにいたことがあったので、懐しくて、懐しくて」

名演技により、おじいさんの心、一気になごむ。

「そうだったんですか……それは、それは……。おひとつ持って行かれますか？」

う。そう来たかい。嬉《うれ》しいけど、こんなにでっかいサボテン、うちに置く場所ないよ……と思った私は、締めとして、ちょっぴりお茶目な清い心の持ち主に自身を作り替えた。

「そんな、いいんです。散歩の途中で、このサボテンをお見かけする（またもや、何故か敬語）だけで、心がなごむんです。お話、聞けて嬉しかったです。ありがとうございました」

そう言い残して立ち去ったのである。うーん、なーんか、すごく満足！　あれ？　でも、私、なんで、あのおじいさんに話しかけたんだっけ？　結局、あの巨大なサボテンの育て方、聞いてないじゃん、と思ったが、心は清々しくなったのである。メキシコには一回、行っただけだが、ま、いっか。この日の散歩の収穫は、巨大サボテンを手塩にかけてるおじいさんと話が出来たこと。うん、悪くない。まったく悪くない。でもさ、こういうことに遭遇するたびに、私は思ってしまうんだな。もう一歩踏み込んだら、どういうふうに展開するのだろうって。我家は、サボテンだらけになるのだろうか。それとも、あのおじいさんとサボテン友達になるのだろうか。想像の楽しさは実現の一歩手前にある。だから、ここまで。あ、今思い出したけど、メキシコ滞在中、ホテルのサーヴィスで、毎朝、フルーツとサボテンがバスケットに一緒盛りで届けられたっけ。すごーく、まずかった……けど、もちろん、あのおじいさんに罪はない。しかしなあ、サボテンに敬語を使った女が、この日本のどこにいるであろうか、いや、いない。ふふ。反語って私にぴったりの語法って気がする。散歩道への邁進《まいしん》は、反語力を高める。そして、反語によって鍛えられるひとり突っ込み力は、人生を楽しくすることと受け合いである。え？　自分のポンチな言動を無理矢理正当化しているだけだって？　そうですね。すいません。

と、ここまで書いて日付は変わる。夕方、突然、幻冬舎の石原がやって来たので、原稿を放り出して二人で飲みに行ってしまったのである。小料理屋で、おいしいごはんとお酒をいただき、上機嫌で西荻窪をそぞろ歩く私たち。二人散歩もまた楽し。などと言っていたら、私の大好きな建物の前を通り掛かった。漫画『めぞん一刻』の舞台のような思いきり古いアパートである。うっそうとした木々に囲まれた味のあるエントランス。

「イッシー、私、ここ、小説の舞台にしたくってたまんないんだよう」

「よし！　取材しよう」

と、いう訳で内部を偵察しようとした私たち。その時、突然、怒鳴り声が。

「おまえたち、何者だ!!」

「あ、怪しい者ではありません」

「何の用なんだ!?」

怯《おび》え切って無言の石原。仕様がないので私が答える。

「あの、友達がここに住んでるって聞いたので……」

「名前は!?」

「や、や、山田さん」

「そんな人、いないよ。出てって、出てって!!　困るんだよ、この間も拳銃持った奴《やつ》が侵入して来てさあ」

ひえー。ごめんなさーい、と駆け足で退散した私たちであった。そんな恐い事件があったとは。でも、もっと恐かったのは、マスクしたまま歯を磨いてたあなたなんですけど。もしかして、主《ぬし》？　住人の名前を全部覚えているあなたは、ここの主なんですか？

「ポン助って度胸ある……おれ超恐かったよー、でも、咄嗟《とっさ》に自分の名前言うって……正直に、小説の取材させてくれって伝えた方が良かったんじゃないの？」

「もういいよー、創作意欲、萎《な》えちゃったよー。ドンパチは船戸のおっちゃんにまかせる」

「船戸ワールドは、ジャングルないと始まんないだろー？」

おっしゃる通り。しかしなあ、四十半ばも過ぎて、若者に叱られてる私って……そして、素直に謝ってる出版社取締役と作家って……。本当に山田さんという住人がいたら、私たちどうしてたんだろ。「何とか荘物語」みたいな小説書こうなんて、大それた考えだったんですね。これからは大人しく密室の色恋だけを書いて行こうと思いました。でも……歯を磨きながら人を叱るって、すごくおもしろいんじゃないか？シュールだ。うがいをしながら叱るってのはどうだ。濁音だらけで、迫力満点って気がする。私の幼ない頃、母は、隣のおばさんとにこやかに談笑しながら、手を後ろに回して、私を思いきりつねったことがあった。そのおばさんからのいただき物のじゃがいもに芽が生えていたので、私が言ったのだ。

「ママ、このじゃがいも芽が生えてるよー。じゃがいもの芽にはソラニンという毒があって、それを食べさせた豚が死んじゃったんだよー」

母が知らんぷりをしたままなので、私はしつこく何度もくり返したのであった。

「ねー、ママったら、じゃがいもの芽には……う、う、うわーん!!」

おばさんは、泣き出した私に驚いて、あらあら、どうしたの？　と尋ねた。すると、母は笑みを崩さないまま、ほんと、この子ったら、どうしたんでしょうね、ほほほ、と言った。その時、私は悟ったの。大人って、ただならないぞって。で、今、大人になった私は、ただならない叱り方の種類を考える。たとえば、踊りながら叱る……ひと昔前のラッパーみたいだな。パブリック・エネミーとか、シスター・ソルジャとか。セックスをしながら叱る……プレイ？　プレイなのか。うんちをしながら叱る。情けなっ。でも、好きな男にこれやられたら、どんなに理不尽でも許してしまいそう。そうぃや、小学校の頃、クラス全員を叱っていた先生の股間のジッパーが全開だったことがあった。くすくす笑いが次第に教室じゅうに広まり、先生は、ますます真っ赤になって怒った。誰も教えてやろうとしなかった。叱る立場を得た者は、用意周到にならねばいかんと学んだ瞬間であった。でも、そんなのって面倒臭いから、私は人を叱ったりしないの。ただ怒るだけ。父譲り。この間、父は、落とした物を拾おうとして、椅子に頭をぶつけた。そして、椅子に怒ってた。それを見ていた一番下の姪《めい》が言った。

「人のせいにしちゃいけないんだよ。パパリン」

途端に照れる父。

「そうだね、その通りだね。人のせいにしちゃいけないんだよね、ごめん」

椅子に謝る父。山田家の椅子は人間だったのか。え？　これが本当の人間椅子？　江戸川乱歩な私の実家。その内、父は、押絵と旅に出ることであろう。屋根裏を散歩し始めるかもしれない。そう、私の父も散歩好き。しかし、私の当てもない散歩とは異なり、時間に厳格な彼は、角を曲がる時刻まで決めているようだ。イマニュエル・カントな父。だから、一緒に旅行したりすると、とっても疲れるの。

あれは小学校の三年生だったか、四年生だったか、私は、出版社ごっこが好きだった。勝手に本のカタログを作り家族に配布するのである。そして、添えた申し込み書に記入させる。たとえば。

1、おもしろこん虫図かん（全三巻）五〇〇円
2、エルマーの冒険　特別山田版　二〇〇円
3、偉人伝記シリーズ（第一巻、山田隆康の一生）三〇〇円
　第二巻より後は決まってません。
4、山田新聞朝刊（一ヵ月　一〇〇円）
　あなたの知らない山田家のひみつがいっぱい。
5、ビバ！　バレエシューズ（全三巻　二〇〇円）
　松尾美保子さんをぬくバレエまんが。

☆買うものにまるをつけてね。早いもの勝ちだよ♡
前ばらいです♡

なんて感じ。出版社も私。執筆者も私。当然のことな

山田文庫　6月の新刊

山田出版社　©2006　山田出版社　本誌からの無断転載、法律で認められた場合以外のコピーを禁じます。

がら、こんな仕事量、こなせる訳がない。で、代金だけもらって無視。催促も無視(なんか、今の私と同じですね)。すると父が激怒した。期日は守りなさーい!! 作家は嘘《うそ》ついちゃいかーん!! 父上、今だから言えますが、あなた間違ってましたよ。ポンちゃんにとっては、時間なしの散歩が literacy skills of cute field trip. 父を偉人に祭り上げて買わせるテク。今は昔。

梅雨の音色うつくし

兇悪事件の報道がくり返される毎日である。TVを点《つ》けるたびに気が滅入る、とは、誰もが口にすることであるが、私は物書きであるから、自分なりに真相を究明しようとあれこれ考えてみるのである。TVの前には、友人の買って来たバランスボールがある。それに座って腕組みをする私は、アームチェア・ディテクティヴならぬバランスボール・ディテクティヴなのである。時々、バランスを崩して、ボールから転げ落ち、床に伏したままになっている。それでも、考えることを止めない。他にやることはないのか。人としてどうなんだろう。遊びに来た男友達にも呆《あき》れられてる。かー、また、TV観て、うだうだしてる！　暇な主婦そのものだなー、なんて。いや、私より主婦の方が忙しいよ、きっと。でも、ある種の事件って、物書き本能を刺激するんだよね。しかも、被害者の心情を思いやるのとは、まったくの別枠で、加害者の心の奥を探りたくなる。そして、あ、どこかで何かを間違えたら、私も、こうなる可能性がないとは言えない、とそこはかとなく恐しくなるのである。しかし、TVのコメンテイターの人たちって、そんなことつゆほども思わないみたい。偉いんだなー、と感心する。けれども、そのコメンテイターが小説家だった場合、物書きがそんな善良なだけでどうする、と呆れる。人間、誰でも加害者になりうるという視点は、心のある部分を暗くするし、その暗さなしには物語は深みを獲得しない、と信じているのだが。

何年も前になるが、人間の罪と罰というテーマで短編集を書いたことがあった。他者には見えないところで、罪と罰は反転している。加害者と被害者が入れ替わることもある。その微妙な成り行きを描きたかった。パブリシティのインタビューで、自分が加害者になってしまう可能性について話していたら、某スポーツ新聞の男性記者が、さも憎々し気に言った。

「ぼくは、明らかに山田さんとは違う人種だって、今、解りましたね」

「どういうことですか？」

「ぼくは、絶対に加害者にならないですよ、永遠に被害者タイプの人間ですから」

こいつ……と思った。小説家相手に何、たわ言、言ってんだよって感じ。と、いうより、私相手だからか。最初から反感むき出しだったもんなー。ホテルのティルームだというのに断わりもなしに、いきなりカメラを出して、シャッター切り始めるし。

で、かっちーん、と来た私は、こちらから質問をすることにした。

「あなたは、車を運転しますか？」

「しますけど？」

「事故を起こして、人に怪我させたら、加害者になるんじゃないですか。それとも、絶対に、事故を起こす可能性はないとでも？」

「……」

ふん。どうだ、ぐうの音も出ないだろう。だいたい、あんたのその態度だけで、私にとっては充分加害者なんだよっ……って、こんな奴《やつ》をこんな場所で、ぎゃふんと言わせても仕様がないのだが。でも、わたくし、自分を良識ある市民と信じて疑わない人に、我慢が出来ませんの。あ、ついでに「国家の品格」云々《うんぬん》、と持ち出す人もね。あの本を否定する訳ではないが、それ見たことかと便乗する人々が嫌なの。その昔、黒んぼの情婦とか呼ばれて、「国家の品格」を重要視する人々に苛《いじ》められ続けた私。今だから言わせてもらうけど、脅迫めいた言葉で、口汚なくののしる内容の手紙を送りつけて来た人々より、当の私の方が、余程、日本語を大切にしていますから。あの時、私の胸の内には、殺意に似たものが芽生えたが、もちろん実行には移さなかった。それでは、その一線を越えるものとは何なのか。ここで、話は冒頭に戻り、私は、バランスボールの上の探偵として復活するのである。

あれこれと推理し、ふと天啓を受けたような気分になった私は、知り合いの編集者に電話をし、深い考察について語る。

「ねえ、私の言う通りだと思わない？　絶対に事件の発端って、こうだと思わない？私って、滅茶滅茶、鋭いって思わない？」

「……そんな突拍子もない……」

「そーお？　人間の心の闇《やみ》の解明に全力を尽くしてる私の意欲、解んない？　解るでしょ？　ねー、解るでしょ、ねー」

「……ええ……まあ」

「やっぱりね。私、東野圭吾さんを目指すことにしようと思う。推理作家協会賞を目標にする！　あれ、賞金、いくらだっけか」

「そんな……それは、取らぬ狸《たぬき》の皮算用というものでは……」

「えー？　虎が何だって？」

「いや、いいんですが。でも、詠美さん、人を殺すだけじゃ推理小説にはならないんですよ。解決しなくては……」

「……そっか……お墓建てるだけじゃ、駄目？」

「駄目です!!」

それこそ、ぎゃふん、である。おっしゃる通りですね。無謀なこと、考えるのは止めにします。しかし、人間の不条理について考えるのは止めません。アルベール・カミュを目指すことにします。太陽のせいで人を殺した、とか、朝、起きたら虫になってた、とか（あ、これは、カフカでした）。

自分の原稿には逡巡《しゅんじゅん》しているくせに、余計な意欲を持とうとして、すぐさま、たしなめられる私である。この間も、仲良しの編集者が、ノンフィクションの担当に移ったというので、ちょっぴり、わくわくして、別の編集者に言う。

「〇〇くん、ノンフィクションに異動したんだねー」

「そうらしいですね」

「私もノンフィクション書いてみたいなー」

「えっ!!　まじですか？」

「うん。大宅賞を目指す。あー、でも、私、怠け者だから取材出来ないやー。取材の必要ないノンフィクションってないのかなー」

「……『熱血ポンちゃん』書いてりゃいいじゃないですか……」

わはは、こりゃ一本取られましたな。この脱力系雑文をノンフィクションと一緒にしたら申し訳ないんだけどさ。あ、そういや、今、思い出したけど、私の一番最初の対談集は『内面のノンフィクション』という。そう、文学は、私にとって、内面のノンフィクション。そう言い切る虚構に身をやつして、持ち場でがんばって行くべきね。推協賞は、奥泉光に譲るわ。フルートを吹きながら精進するのよ。

この間、ハーモニカ奏者の続木力《つづきちから》さんのライヴが、西荻窪の Konitz（吉田道場に通いつつ肉体派を自任しようとするも年寄の冷水だろうと言われてしまってくさってる店主の待つ暇なジャズバー）で行なわれた。そこで、続木さんの弟子やサックス持参の女の子が飛び入りしようとするやいなや、ある客が叫んだ。

「はい！　はい!!　はーい!!!」

ウェイトレスを仰せ付かっていた私がたしなめようとその姿を捜すと、なんと奥泉であった。手をぴんと上げて、自らも参加を申し出ていたのである。あー、いたよなー、小学校の頃、こういう子供って。先生に指されようと率先して自己主張するがき。私は、なるべく目立たないように、小さくなっている方だったので、そういうはきはきとした子を信じられない思いで見詰めたものだ。ちなみに私は、自分から手を上げたことなど一度もない。いつもノートの隅に絵を描いているか、上の空で考えごとをしているか、だったので、先生の目に留まるのが恐しくてならなかった。嘘《うそ》だろ？

と言われちゃいそうだけど、今も昔も、私は注目されるのが大の苦手。それなのに、時には一目置かれたいもんだ、などと願ってしまう屈折した目立ちたがりなのである。大人になって、ようやく屈託のなさを習得しつつあるが、それでも、奥泉みたいな素直な人を見ると、羨しいなーと思う。ぼくは、そんなに単純じゃない！　と怒っちゃうかもしれないけど、彼には、やはり、良き時代の学級委員の面影を見てしまうの。そして、かつて、そういう子は、私の内なる天敵だった筈《はず》。ふう。年齢《とし》を取るって良いもんですね。コアな部分は、どんどん強固になるけれども、それを包む柔かい部分の扱いには長《た》けて行く。人間丸くなったからねーと、うそぶく術を身に付けられる。生きやすくなったってことですか。

ライヴは大成功の内に終了した。飛び入りの奥泉は大活躍であった。日頃、ミュージシャンから作家になった人間は何人もいるけれど、作家からミュージシャンになった人は、まだいない、ぼくは、その第一号になってやる！　と宣言している彼。面目躍如というものであろう。凶器になりそうなくらい重い彼のリュックには、いつも首を傾《かし》げていたのだが、フルートが入っていたのね。ププちゃん（ゴマフアザラシのマスコット）入ってる私のリュックとは大違い。志と持ち物の重さは比例する？　私なんて、本の一冊も携帯していない。化粧道具も入れてない。でも、本当は、ハーモニカが一本、いつも出番を待っているの。酔っ払うと持ち出して吹きまくり皆に迷惑をかけているのだが、続木さんのライヴを見ちゃった後では、恥しくて。楽器の出来る人が、本当に、羨しい。

私の実家では、姪《めい》のかな以外、楽器とは無縁である。それでも、大昔、父がスチールギターとやらを弾いていたのを覚えている。会社の人たちとマヒナスターズもどきのバンドをやっていたらしいのだ。マヒナスターズなんて、今のお若い皆さんは知らないでしょうし、私の年代でもぎりぎりで、うろ覚えなのだが、あれはハワイアンバンドか何か？　スチールギターという代物は今でも存在しているの？　でっかい金属の大正琴のような形をしていて、スチール弦にピストルの弾のような物を滑らせて音を奏でる。ボヨヨヨーン、フニャフニャーン、と不思議な音色が出ていたような気がする。明確に思い出せないのは、父が、すぐさま挫折《ざせつ》して、どこかにうっちゃってしまったからだろう。

母は、まったく楽器をたしなむことのなかった人だが、子供の私にとっては、まさにこれは音楽ではないかと思われる音を出していた。編み機、の音である。これも今は存在していないのかもしれないが、金属のキーボードのような形をしている。毛糸を張り巡らせたその上で、アイロンのようなものを左右に行ったり来たりさせる。ザーッ、ザーッという音。編まれた毛糸は、どんどん下にたれて、やがて、私と妹たちのセーターや毛糸のパンツなどになるのである。学校から戻り、家のドアを開ける前にその音が聞こえると、ほっとすると同時に、何だか泣きたい気分になったものだ。迷子の自分が、ようやく保護されたというような、そんな気持。過去に聞いた音って、感傷を伴うと絵に描けそうな気がして来る。まあ、まったく売れなかった漫画家の言う台詞《せりふ》ではないんだが。

前に、ジャマイカのホテルのレストランで、夫と夕食を取っていた時のことだ。昼間、ビーチサイドにある教会で結婚式をあげた男女が入って来た。すると、客の誰かが気付いて、ワイングラスをスプーンでそっと叩《たた》いた。すると、その隣の人も同じことをした。そして、また隣の人が。いつのまにか、レストランじゅうの客がグラスを鳴らし始めたではないか。もちろん、私たちも。銀がクリスタルに当たる静かな音が響き渡り、止もうとしない。それどころか、鳴らされる速度はどんどん増して行く。ウェイターたちは顔を見合わせ、支配人は、困った人たちだ、というように肩をすくめた。と、その時、レストラン内の灯《あか》りが消えた。テーブルの上の蠟燭《ろうそく》の炎だけが、あちこちに浮かび、人々の顔を照らしている。誰もが、くすくすと笑っていた。結婚したばかりの男女は、しばらくの間、呆然《ぼうぜん》としていたが、やがて夫は妻を抱き寄せて口づけた。周囲の客たち、今度は拍手。あちこちから指笛が飛んだ。二人は、手を上げて感謝の意を伝えながら、ディナーテーブルに着いた。と、同時に店内は明るくなり、何事もなかったかのように、それぞれの食事は再開された。誰もが、他人の結婚に便乗して幸せな気分になっているようだった。もちろん、私たちも。クリスタルを銀のスプーンで叩くなんてとんでもない、と言わないところが、リゾートの寛容さか（店側としては、はらはらしてたかもしれないが）。あの時の澄んだ音の重なりは、人々の微笑が交錯する音色だったなあ、と今でも温い気持で思い出す。

　音、と言えば、男友達に困ったちゃんがいる。私の前で、平気で、おならをするのである。最初の頃は、恥し気な表情を浮かべて、ごめん、と言っていたのだが、近頃は、もう一向に意に介さない。腸の蠕動《ぜんどう》運動ゆえだよ、などと抜かして平然としているのである。思うに、人間は、人前でおならをして平気な人種とそうでない人種の二種類に分れるのではないだろうか。私の母は父の前で平気でする。すると父は、新聞をぱたぱたさせながら、やだねー、ママは、などと、ちっとも嫌そうでなく言う。そんな父のおならは、誰も聞いたことがない。姪のかななどは、アメリカ帰りのせいだろうか、人間の自然な営みじゃーん、と平気である。そう、アメリカ人って、全然気にしない。げっぷの時には、いかにもすまなそうに、エクスキューズミーと口を押さえるというのに。夫は、ガスをおなかに溜《た》めるほど体に悪いことはない、と言う。ガスという代物に非常に神経質である。夫の母にいたっては、ガスを溜めるのが嫌だから、絶対にチーズは食べないと決めている。件《くだん》の男友達は、咎《とが》める私の視線をにっこりと受け止め、中味出てないから大丈夫だよーん、と、明るい雰囲気作りの方向に行き始めている。私も、すっかりどうでも良くなっちやって、今では、お互いこんな挨拶《あいさつ》を交わす。

「こんにちは、ぶりっ」

「久し振りだね、ぶりっ」

そして、げらげら笑うのである。子供？　子供なのか。と、いうようなことをアメリカにいる女友達に電話で話したら、大喜びで真似《まね》し始めた。ウァッツ　アップ！　ブリッ!!　だって。私の周囲って……馬鹿？　私の駄洒落《だじゃれ》嫌いを知りつつ、こうも続けて嫌がらせをするのである。

「アイ　ミス　ジャパニーズ　ブリッ……の照り焼なーんてね。わははははは。エイミー、怒った？　ねえ、怒らせちゃった？」

怒ってるよ。わはは、じゃなくて、とほほ、だろう。ポンちゃんにとって、耳の記憶は、I allowed myself luxuries of multiple personality. ブリッ……トニー・スピアーズ、また御懐妊。(ほんと、馬鹿)

熱戦！　おいてけぼり杯

サッカーに、ほとんど興味なし、とカムアウトする勇気もないまま、つられてワールドカップを観てしまっている、TVの前のアレハンドラ山田です。でも、早寝早起きの私にはつらい時間帯なので、いつのまにかソファの上で眠りこけてしまい、気付いた時にはゲーム終了になっていることも、しばしば。こうなったら、いつもより数時間早く起きて観れば良いんだな、と思って実行した私。もはや、早起きしてるのか、夜の内に起きているのか解《わか》りません。何だって、こうまでして観てるんだろう。私のサッカー熱は、高校時代、他校のサッカー部員であったボーイフレンドと別れてから消え失せた筈《はず》なのに。でも、周囲からおいてけぼり食っちゃいそうで。こういう人って少なくないと思う。ま、観れば、それなりに興奮もするのだが、私は、サッカーファンには付いて行けません。だってさ。サッカーファンの特長は、いかに自分が人より詳しいかを、とうとうと語ること。もう解ったから、と言っても語る語る。そして、私みたいな呑気《のんき》な傍観者の感想など受け付けない。全員が批評家。おれが一番。やだなー。もしも、本読みの全員が文芸批評家だったら、と想像してみなさい。気味悪いから……って、有り得ないことですね、すいません。語る資格のない私は、この間のWBCの時のように、顔面相似形の発見に活路を見出して気を取り直した……と、言いたいところだったが、これだ！　と膝《ひざ》を打ったのは、解説者の松木安太郎氏と、幻冬舎社長の見城徹氏のそっくり具合だけであった。後は駄目ね。あ、やはり解説をしていた三浦泰年氏と若人あきら氏ってのもあったが、賛同は得られないかもしれない。ついでに加えるなら、客席のマラドーナと近所の果物屋のおばちゃんという組み合わせもあったのだが、普遍性に欠けること、はなはだしいので、却下すべきであろう……なんて、ゲームとは無関係のところで、しょーもないことに思い巡らせているのは私だけ？　と情けなくなったのだが、そうでもないようなのである。

コンビニで見つけた雑誌「ダカーポ」の最新号が、芥川賞、直木賞の特集を組んでいたので購入してみた。すると、そこには、大崎善生さんの連載日記が掲載されていて、読んでいたら、思わず吹き出してしまったの。勝手に引用させてもらう。

〈ロナウジーニョとロナウドってロナウまで一緒なんだから、きっと日本でいえば谷川と谷崎みたいなもんなんだろうかとニヤニヤし、しばらくして「あっ、中田と中村

か」と思いつき、カバッとベッドから起き上がったりしながら寝ている。毛布じゃなくて、不毛だ。〉

うーむ、さすがオヤジギャグ番長の着眼点だ。夢の話としているから、もちろん本当は御存じなのだろうが、聞くところによると、ロナウジーニョの本名は、ロナウドなのだとか。ロナウジーニョとは、ちっちゃいロナウドという意味の呼び名らしい。スペイン語で、ちっちゃい男の子をニーニョと呼ぶから、親戚筋のポルトガル語でも同じことが起っているのだろう。ロナウド　プラス　ニーニョ　イコール　ロナウジーニョ、みたいな。だから中田と中村というよりは、二人いた場合の巻と巻坊みたいなものでは？　しかしなあ、これも呼び名らしいが、カカという選手がいた。カカって、スペイン語で、うんちっていう意味じゃなかったっけか。とうの昔に、スペイン語の習得に挫折《ざせつ》した私だが、何故かこういうことだけは覚えているのね。確か、ののしり言葉にも使う筈。英語のSHITと同じ用法ね。あ、日本語にもあるか。そういやフランス語にも。何故だろう。排泄《はいせつ》物は大事だよ。ののしり言葉に使う代わりに、愛情用語として使ってみたらどうだろう。車谷長吉さんなんか、御自分の文章の中で、愛妻をうんこちゃんと呼んでいたよ。順子さんが変化したのか。唇の両はしを指で広げて、学級文庫と言わせて喜ぶ子供のような人なのか、車谷さん。いずれにせよ、排泄物に愛を含ませると、世界は、金子光晴色に染まるであろう。私も精進しなくてはね。愛を持って、好いた男のすべてを受け入れて行こうと思う。

ところで、この間、法政大学に呼ばれて、小説を朗読して来た。テーマは、ドイツと日本の文学と音楽の融合というところか。ドイツから詩人と音楽家が来日していた。私は、フリージャズの梅津和時さんと組んでステージに上がった。梅津さんの頭は丸坊主で、花村萬月さんに、そこはかとなく、というより、ものすごく似ていた。だからなのか、入場した時、会場はざわめいていた。催し自体は大成功だったが、私には疑問が残った。自国で開催されているワールドカップの真最中に来日したドイツ人の方々。やはり、国じゅうの人々がサッカーに熱狂している訳ではないんだなあ……などと思っていたら、詩人は、オリバー・カーンを熱烈に讃美する詩を読み始めたのであった。しかも、二篇も。何故？　そんなに愛しているオリバーを放って、何故《なにゆえ》に、わざわざ日本に来て、私ごときと朗読会を？　オリバーをベンチに置いたチームに対する抗議行動なのか。それとも、極東の国からのエールに重要な意味を見出していたのか。聞いてみりゃ良かったな。感じの良い青年だったし。

中央線引きこもりを貫いている私にとってこの一ヵ月は、画期的であった。人前に出ることが続いたのである。近畿大学に呼ばれて、奥泉光と公開対談までして来た。

それにかこつけて、親しい編集者たちと前乗りして、大人の修学旅行と称して、大阪の街を荒らした。まあ、あの街は、私たち程度では荒らし切れないのだが。でもなあ、思い出すと、穴があったら入りたい記憶ばかり。結局、どこに行っても同じなのね。北新地の路地でハーモニカ吹いたり、歌ったり、はしゃいだり、ブレーメンの音楽隊のようになっていた私たち。かき捨てられない恥の思い出ばかりの旅を続けて、もう何年になる！　あー、生まれて来てすいません。でも、こうなったら仕方ない。あなたの分まで開き直って差し上げてよっ、治《おさむ》!!　人間失格なんて甘くってよ、私たちといたら、動物失格を目の当たりにして、死ぬ気なんか起きなかったことよっ、治!!

その滞在中も、話題は、いつのまにかサッカーに移ることが多かった。しかし、ひとまわりも若い人たちとは、ずい分とギャップがある。私や奥泉が、サッカーに心引かれるきっかけとなった漫画は「赤き血のイレブン」だが、彼らの場合「キャプテン翼」なのだとか。きーっ、と思った先輩二人は、カラオケボックスで歌っちゃったよ、主題歌（伴奏なし。とっても、格好悪し）。覚えてるもんね。おっとーこーが、めーざすー、てっきー、ゴオール!!　それを聞いた若者が、ぽつりと言った。あ、熱過ぎる……。そんなの知ってる。私も、本当は、スポーツの熱さと無縁の女。高校の頃、彼氏に受けようと思って、国立競技場通いにつき合ったあの時も、本当のところ、付いて行けなかったの。それなのに、無理して、ヤンマーに声援を送っていたの。「ダイヤモンドサッカー」を欠かさずに観ていたの。ポイント稼ごうとして、雑誌「イレブン」に投稿までしてしまったの。でも、サーファーとつき合い始めたら、すぐに砂浜で待つ女になってしまったの。サックス吹きとつき合い始めたら、ジャズ喫茶の常連になってしまったの。ＤＪとつき合い始めたら……あーっ、書き始めると終わりがなーい!! ちなみに、婚約した時の私は、アメリカンフットボール通でした。彼が、ディフェンスのキャプテンだったもので。はあ。私って奴は、ほんとに。あ、今、思い出したが、私は、清水エスパルスの後援会の発起人に名をつらねたことがあったんだ。静岡出身の友人に頼まれたの。

「静岡出身の人たちに頼んでんのー、詠美ちゃんも小さい頃いたんでしょ？　お願いねー」

「えー？　でも、私、磐田だよ。磐田と言ったら、ヤマハだよ（その当時、ジュビロになっていなかった)」

「いいの、いいの、近所でしょ？」

……って、良かったのか？　あの、にわか後援会、いつのまにか消滅してしまったみたいだけど。あのラインナップ、単に静岡出身というだけの有名人が並んでたけど、どういう種類の後援会だったんだろう。たった一度、試合を見に行っただけだったけど。配られた黄色い旗、ええ、振りましたとも。場違いですまんなーと恐縮しながらね。私って、皆が熱狂する時、いつも、別な場所にいる気がする。往生際、悪いんだよなー。総立ちのコンサートなんて、その最たるもの。ばつが悪くって仕方ない。何と言うか……のろま、なんだよね。幼ない頃は、それが理由で、いつも先生に怒られていた。乗り遅ればかりの人生。しかし、そのことが、私を物書きたらしめている感は否めない。乗り遅れても良い分野、ヤッホー、それが文学さ。遅れるのは、この締切りだけ（それが一番問題と言いたい担当者の顔が目に見えるようですが）。と、ここまで書いて日付は変わっているのだが、さっきニュースを見てたら、ワールドカップ三位決定戦には、オリバー・カーン選手、出場してたみたいね。もしかして、あの詩人の方、このことを予期していたのか。それに間に合えばいいや、と思っていたのか。きっと、今頃、母国で、再びあの詩を朗読しているんでしょう。

さて、人前で話をするのが非常に苦手な私の次なる試練は、担当編集者の結婚式における乾杯の音頭を取ることであった。西荻窪の飲み仲間でもある幻冬舎の茅原《ちはら》が華燭の典を挙げることになったのだ。実家にも遊びに来て、姪《めい》たちには、ちい兄ちゃんと呼ばれている彼。ううう、私としては、出来の悪い甥《おい》っ子を嫁に出すような心持ち。

祝いたいのは当然だが、スピーチって、ほんと、苦手。で、隣にいた新郎の上司の石原と、シャンパンごくごく飲んで、すっかり酔っ払っちゃいました。で、無事結婚式が終わった後も止まらなくなって、二人で暴走してしまいました。場所を某ホテルのバーに移して、招待客の吉田修一くん、垣根涼介くんをつき合わせて、出来上がっちゃった私たち。帰り際、何故か、主役はおれらだ！　と勘違いして、腕を組み、仲良くそのまま転んでしまい、見ず知らずの新郎新婦の記念撮影風景に乱入してしまいました。どうやら、その日は婚礼日和《びより》だったみたいですね……なんて、実況中継している場合じゃないだろう。吉田くんは、慌てて、私たちに駆け寄り助け起こしてくれたが、垣根くんは他人のふりをしていたという。と、いうのは後で聞いた話で、私も石原も、ぜーんぜん、その時の記憶がないの。

翌日、恐る恐る、という調子で、電話をかけて来た石原。

「おれ、右肘《ひじ》と右のほっぺが痛いんだけど……」

「あれま、奇遇ですな、私も同じとこが痛いんだよ」

「……ってことは、ポン助、おれたち、同じ格好で転んだんだよな」

「かもねー。相変わらず、仲良いよねー、私たち」

「……っていうか、相変わらずお馬鹿なのかも。でも、でも、いいさ、被害者は発見されてないんだ」

「……発見っていうか、イッシー、発掘した方が良いかも解んないよ、あー、何てこったい、宿酔《ふつかよ》いのない私たちの脳天気さが、人々を奈落の底に突き落としている」

「だいたい、茅原が悪いんだよ、あんな午前中から結婚式始めるから酔っ払っちゃうんだよなー」

「なー」

ふう。この自己肯定具合。私たち、この図々しさを絆《きずな》として、二十年に渡る友情を育《はぐ》くんで来たのね。男女間に成立する友情を証明するために、とんだ迷惑をかけてしまって、悪かったわね、吉田くん、垣根くん。

安否を気づかってくれたのか、電話をくれた吉田くんが言うことには。

「詠美さんと話してると、作家と話してるんだなーって、つくづく思うんですよ。ようやく、ぼくも仲間入りしたんだなーって」

どこまでも、優しく謙虚な人です。彼には、ひどい姿を何度もさらけ出しているのだが、もう、こうなったら、次回も覚悟してちょうだいな。

そして、一方の垣根くんは、新郎に電話で言ったそうである。

「おたくの取締役とあの大作家、なんとかしろよー」

大作家……何をもって「大」なんでしょう。ううん、答えなくっても結構よ。あなたが何を言わんとしているか、私には痛い程、理解出来るの。でもね、わたくし、あなたの傑作『ワイルド・ソウル』に敬意を表しただけなんですの。ま、作風を体現してみせる作家は、稀少価値ってことで。それが、自分の作風じゃないところが悲しいんだけどさ、ぐっすん。さあ、次は『君たちに明日はない』かしら。あなたたちの受難に備えて、虎視眈々《たんたん》をライフスタイルに取り入れることにするわ。

こう回想してみると、ほんと、私、駄目駄目人間ですね。そんな自分に活を入れようと、明治大学の偉大なる先輩、倉橋由美子展に行って来ました。私の場合、大学生活はちっとも身にならず、途中でドロップアウトした劣等生なのであるが、倉橋さんについて語る時だけは、在籍していたことを強調して、自慢するのである。彼女が、エッセイ集『あたりまえのこと』で、私の小説を誉《ほ》めてくださったことは、永遠に私の誇りである。

同行したのは、新潮社の小林イタコ（生前担当編集者だった）と、西荻窪 Konitz（W杯のせいで店がつぶれそうと嘆くジャズバー）の店主の二人。超の付く倉橋フリークである店主は、展示されたひとつひとつに真剣に見入っていた。何しろ、倉橋さんの賞讃する本は、すべて手に入れて読み、酷評する作家は、自分も便乗して悪《あ》しざまに言うという男である。私が、誉められた時の喜びようと言ったらなかった。エイミーのこと見直しちゃったよ、と言われて、どうだ、まいったか、と胸を張る私。虎の威を借る何とか、みたいで格好悪いんだけどさ。

その後、山の上ホテルのバーに立ち寄り話し込んだ。文学ミーハー同士で好きな作家について語り合えるのは、なんて幸せなことだろう。そして、そういう読者をつかみ続ける小説作品を遺した作家を、はしくれとして、どれ程、羨《うらやま》しく思ったことだろう。敬意という言葉は、たぶん、こういう時のためにある。そこには、スポーツを観戦する時のような一丸となる熱狂はないが、ひたひたと静かに押し寄せる熱がある。やはり、こちらが好みだ。ポンちゃんにとって、夢中の極意は、No efforts will be spared to find the broad-minded heartthrob. な決意。祝、治《おさむ》な気持からの脱出。

キリギリス時々アリ予報

そろそろ佳境に入らんとする書き下し執筆のために、ますます中央線引きこもりを極めているアレハンドラ山田です。自分の小説に佳境なんて言葉、使っちゃいかんのだが。ラティーナ名が、まるきり似合わない、超地味生活に腐っている我が身を鼓舞するための自画自讃ってことで。世の中は、夏休みのまっただ中。計画性のまるでない私は、皆が遊んでいる最中に仕事をする破目になる。いっつも。恒例の和歌山行きも取り止めたし。今頃、熊野大学水産文芸部（故・中上健次氏関連のシンポジウムに合わせて、磯遊びをする年食ったボーイ　プラス　ガール　スカウトの集まり）の人々は、ひなびた海岸でバーベキューを楽しんでいることだろう。いいなー。日頃、遊び呆《ほう》けているキリギリス人生の私は、肝心な時に、アリにならざるを得なくなるのである。これも本番に弱いと言って良いのか。ああ、今も近所で催されているバザーだかカーニヴァルだかの放送が聞こえているよ。ちょっと音が大き過ぎやしないか。

そんなに何度も綿菓子の売り場案内をしなくても良いのではないか。駐輪場の使い方など一度言えば解《わか》るのではないか。あ、東京音頭が流れて来たよ。私だって、飛んで行って踊りの輪に入りたいではないか。浴衣《ゆかた》は、ちゃんと出番を待っているのに、机に座ったままの私。きーっ、もっとヴォリュームを下げてくれーっ、と、出掛けられない故の逆恨みと自覚しながらも、中島義道先生になりかけている私。ちなみに、今さら私が紹介するまでもなく、中島さんは、日々騒音と戦う哲学者であり、偏食道の大家である（つまり、扱いにくいおじさん）。彼の手による書物のいくつかは、私には理解不能で、そして、また、いくつかは、たいそうおもしろく共感を呼ぶ。そのどちらでもなく、ただただ感心してしまうのが『偏食的生き方のすすめ』（新潮文庫）。この本については、何度となく書いているのだが、偏食に対するあまりの勤勉さに、読み返すたびに絶句してしまうのである。アレルギーだとか、味が好みに合わないとかいう、ごく当り前の理由からではない偏食の数々。ヴィジュアルからのイメージ、そして観念。食べ物に対するそれらが負の方向に発達し過ぎている。特に、動物性のものにその傾向は顕著であるので、ほとんどヴェジタリアンのように見える。でも、見えるだけ。たとえば、玉子。原形を残した生玉子、ゆで玉子は駄目だが攪拌《かくはん》すれば、OK。だから、醬油《しょうゆ》を混ぜて朝定食にすれば食べられる。玉子焼きやスクランブルエッグは大好物。玉子とじうどんも。目玉焼は、〈ずいぶん卵の原型から隔たって平板化しているために、食べることができる（それにしても、この名前は残酷）。〉なのだそうだ。うえー、面倒臭ーい。蛇を連想する長いものも駄目、とある。ウナギ、ドジョウ、サンマ（三つ切りの真ん中が似ている）。光り物の魚も蛇の鱗《うろこ》を思い出させるからNG。それなのに穴子寿司は平気なんだって。何故《なぜ》なら、穴子の原形を知らないから。いやはや、偏食と偏見は、限りなく接近するものであるよ。でもさ。不思議なことに、海老《えび》には、何の嫌な印象もないみたい。あれこそ変な姿をしているではないか……と感じた私は、中島さんへの意地悪を画策したのである。次にお会いしたら、こんな会話を持ちかけてみようと思いついて、愉快になって来た。以下、中島さんと私が、吉祥寺の蕎麦《そば》屋さんあたりで遭遇した場合の架空の会話（実際にばったり会ったことがある）。

山田「中島さん、海老が大丈夫なんておかしいじゃないですか、イメージ的に」
中島「あれは、いいんだよ。問題ない」
山田「じゃ、海老のチリソースは好きですか？」
中島「大好きですよ」

山田「それでは、甲虫《かぶとむし》は好きですか？」
中島「!?」
山田「海老のチリソースと甲虫の幼虫のチリソースの見分け、付きますか？」
中島「!!!」

……なんか……勝ったって感じ？　いや、この場合の勝ちには、何の意味もないのだが。〈うるさい日本の私〉を、ただぎゃふんと言わせたくなってしまっただけなの。この甲虫の幼虫のチリソースというアイデア、昔読んだ漫画（確か江口寿史さんの）から得たものなのだが、それを思い出すので、私自身海老のチリソースが、そこはかとなく苦手。美味ではあるけど。そう言えば、食べ物に、ほとんど偏見のない私だが、そのイメージから、どうしても食べられないものがある。ほら、瀟洒《しょうしゃ》なフレンチレストランで、料理の上に花を撒《ま》き散らすところってあるじゃない？　紫や黄色や濃いピンクなんかのパンジーみたいな花々。大の苦手な蝶々を連想してしまって、どうしても、手を付けることが出来ないの。勝手に、こんなファンシーな飾り付けするなって、ほとんど激怒しそうになるの。花の料理で許せるのは、菊の花のお浸しと、ズッキーニの花リコッタチーズ詰めフリット（ま、滅多にお目にかかれませんが）だけ。菜の花だって、ちょっとでもつぼみが開いていたら、紋白蝶が出て来そうで鳥肌が立ちそう。部屋に飾る花（それがパンジーでも）には、何の嫌な感じも受けないので不思議だ。私も、中島さんのことは言えないかも。あ、あと絶対に口に入れたくないのが、バジルの種。ぬるぬるの中に整然と並ぶ黒胡麻のような種。蛙《かえる》の卵に生き写しである。と、ここでお断わりしておくが、私は「卵」という漢字が嫌いである。食用のそれには、すべて「玉子」を当てている。中島さんも、微妙に使い分けているみたいだけど。大の玉子好きにして、大の卵嫌いの私。物書きデビュー前の私、絶対に作家の卵なんかじゃなかったから。作家の玉子だったから……って、なーんか、作家になった何とか玉子《たまこ》さんって人みたいだけどさ（そんな名前の作家いないとは思うが）……おや？　気が付くと、また言葉の小姑《こじゅうと》やっちゃってるよ。まあ、仕方ありませんね、習性ですから。ついでだから、今、無性に苛立《いらだ》っている言い回しについて書こう。それは、芸能人が言う、

「○○さんと良いお付き合いをさせていただいています」

ってやつ。何なんです？　お付き合いをしていますじゃ駄目な訳？　誰に対して敬語使ってるの？　世間？　それとも相手？　しかも「お付き合い」に「良い」なんて付けてるよ。良いお付き合いって、どういうお付き合い？　それでは悪いお付き合い

とは？　こんなことにいちいち苛々しているのって、ほんと馬鹿なんだが、でも、わたくし、この台詞《せりふ》を言ったか言わないかで、芸能人をランク付けしてしまうんですの。それに追い打ちをかけるかのように、この間、彼氏との交際経過を尋ねられた女性タレントが、こう答えていた。

「彼のおかげで、とても楽しい時間を過ごさせていただいています」

あなたの彼って何様？　へり下るのもたいがいにしなさい。男女雇用機会均等法は、もう二十年も前に決まっているんだから……って、私はフェミニストじゃないけどさ。あー、二十年前って私がデビューした頃じゃないか。皆さん、私を均等に雇用して下さってありがとう。しっかり、お仕事「させていただいています」……と、言ってみたいものだ。でも、キリギリス期の長い私には、とても言えません。それに、あんまり、私がへり下ると嫌な予感に包まれる人も多いと思うので。

そして、もうひとつ、これも気になっているのだが、俳優（特に女優さん）が、映画やドラマの役について語る時のこと。自分の役名を「さん」付けで呼ぶ人って多くないか。「○○子さんって、私とは真逆な性格なので、かえって演じやすかったです」みたいに。好感度を上げる意図が働いているようで、けっ、と思ってしまう私。自分に「さん」付けしてはならない。「ちゃん」付けは許す。と、いうのも、この「熱ポン」の最後で、自身を「ポンちゃん」と呼んでいる我身を思い出したのである。人のことをあげつらっていると自分に降り掛って来るという見本である。でも、あれは慣用句なので許して下さい。当然のことながら、自分の小説の主人公に「さん」なんて付けて呼んだりしません。

ところで、中央線引きこもりの重い腰を上げて、久し振りに都心に出た。私の「風味絶佳」という小説が映画化され、内輪用の試写会に出向いたのである。題名は、「シュガー&スパイス〜風味絶佳」……実は、真ん中にある「〜」ってのも、私の趣味に合わない表記なんだよなあ。ほら、J－POPとか呼ばれる音楽ジャンルの曲名に多いじゃない？　こういうの。目にするたびに、ひと言で、ばしっと決めんかい、ばしっと！　と思ってしまうの。まあ、小説と映画は別物とはなから認識しているので、腹立ったりすることはないんだけど。でも、ちょっぴり気になるの。今、私は、漢字が格好良いと思っていることでもあるし。

数年前から、本来なら漢字、平仮名にするところを全部片仮名にした題名、名前が、インだ、みたいな風潮があって、いまだに続いているけど、あれって、もう古いと思う。だいたいああいうことって、最初にやった人だけが格好良いんであって、後に続けば続くほど外して行くような気がする。だから、偉いのは、スガシカオくん、格好良いままでいるのも、スガシカオくん。彼以外は認めていませんの。それはともかく、映画の内容である。うーん、ちょっとお洒落過《しゃれ》ぎたかなあ。とりわけ、あのガス・ステイション。荒寥《こうりょう》とした風景の中にぽつりとある何故かとってもアメリカンなガス・ステイション。バグダッド・カフェかと思っちゃったよ。そこで働く健気《けなげ》な主人公・志郎に、柳楽優弥《やぎらゆうや》くん、彼が恋する同僚・乃里子が、沢尻エリカちゃんというキャスティング。二人共、ものすごく可愛《かわい》い。いいなあ、若いって……と言いたいところだが、もう二度とあんな年代に戻りたくない、とすれっからしな大人は思うのであった。疲れるもん。柳楽くん、恋に破れて、元の私んちの近所をひたすら自転車で走ってるし。あんなに走ったら、福生《ふっさ》なんかとっくに通り越して、厚木に着いちゃうよ。十六号線沿いのニコラスで、ひと息ついて、ピッツァでも頼んだら良かったんじゃないのか。ニコラスは、故・小泉ニコラさんという人が開いた日本で初めてのピザ屋さん。まだ、あるのだろうか。六本木店と並んで、私の大好きな場所だったけど。思い出がいっぱい詰っていて、だからこそ、まだあったとしても、もう行きたくない。私を待ちかまえる怨霊《おんりょう》がいっぱいいるような気がするの。取り憑《つ》かれて、「別れ話をものともせずに、おれのおごりでペパロニのピッツァぱくついてただろ、金返せー」とか言われるような気がするの。うー、くわばら、くわばら。

さて、映画が終った後、私と担当編集者たちは、別室でお茶を御馳走《ごちそう》になったのだが、そこで、問題視すべき事態が。実は私、言いたくてたまらない病にかかり、うずうずしっぱなしだったのである。だってさ。

その時、私たちは、大多亮プロデューサーと向かい合って歓談していた。そして、映画の中のガス・ステイションの所長を演じたのは、近頃大人気の大泉洋さん。ああっ、と思ったのである。私の脳裏に、突然四人の人間像が浮かび上がった。萩本欽一氏、村上ファンドの村上世彰《よしあき》氏、そして、目の前の大多さん、所長役の大泉洋さん。この人たちって、この人たちって、グラデーション兄弟ではないか。薄目で全員を見てごらん。似てない？　いや、似てるって。大多さんの顔を知っている人も少なくないと思う。フジTVの有名プロデューサーだから。で、並べてみて。ほうら、さすが、顔面相似形の発見にこの身を捧《ささ》げる私ならではの偉業でしょ？　え、違う？　なあんてことを自問自答しながら、その場では取りすました顔をして、コーヒーなど飲んでいたのである。あー、苦しかった。でも、皆さんに知らしめることが出来て、胸のつかえが取れました……じゃないだろう、肝心の映画の出来はどうなんだって？　初恋を思い出して、胸をきゅん（死語か？）とさせたい方にはお勧めです。あと、音楽は、オアシスの曲なので、ファンの方には良いかも。しかし、それよりも何よりも、主人公の祖母役の夏木マリさんのど迫力は必見です。でも、あんな古き良き福生の雰囲気なんて、もう残っちゃいないんだろうなあ。そういう意味では、ファンタジー？

この映画の試写会だけが、どうやら、この夏のハレの日になりそうである。再び中央線引きこもりに逆戻りなのである。暗い日々なのである。幻冬舎の石原とは二日続けて大喧嘩《おおげんか》するし。そう、私たちは、二日続けて絶交して、二日続けて仲直りしたのである。後で、誤解が誤解を呼んでいたのが判明したのだが、私たちって、これまでに、いったい何度絶交したことか。それって、全然、絶交じゃないじゃん。留守番電話に入っていた「嘘《うそ》つきーっ!!!」という私の怒鳴り声を聞いて、ロックミュージシャンがシャウトしているみたいだったよー、と回想する石原。ああ、そうですか、喜んでいただけましたか。

一日目の電話で猛烈に怒り、けれども何とか気を落ち

着けて眠りについた明け方、ピンポーンとドアのチャイムの音が。石原であった。

　二日目の電話で再度怒り、しかし、ボーイフレンドになだめられて気を落ち着けて眠りについた明け方、ピンポーンとドアのチャイムの音が。石原であった。

　もう……笑っちゃうしかないではありませんか。空が白み始める時刻だというのに、三人で酒盛りしちゃいましたよ。言いたいこと言える間柄に感謝しちゃいましたよ。

「ポン助、ごめん、本当にごめん!!　ごめんよーっ!!　ごめんなさーいっ!!　ごめんごめんごめんごめんご……あれ？」

「いいのいいのいいのいいのい……あれ？」

　というようなやり取りを何度くり返して来たことか。友情って、反復練習の成果によるものだったのね。それにしても、仲直りしにやって来たんだろうに、一応、理由を付けたかったのか、北海道土産だと言って、アスパラガス（五本）を差し出す奴って、すごーく変。明け方のアスパラガスに、ついほだされて、不貞腐《ふてくさ》れながら「ソテーにする」なんて言っている私も、すごーく変。中央線人種の私たち。引きこもりにもドラマがあるよ。ポンにとって（「ちゃん」を取って自粛してみました）たまのアリの日々は、wanna shift the adorable gear もあり。石原さんとは、悪いお付き合いさせていただいています。

この作品は二〇〇六年十二月新潮社より刊行された。

熱血《ねっけつ》ポンちゃん膝栗毛《ひざくりげ》

新潮文庫　や－34－14

平成二十一年六月一日発行

著者　山《やま》田《だ》詠《えい》美《み》

発行者　佐藤隆信

発行所　株式会社 新潮社

郵便番号　一六二－八七一一
東京都新宿区矢来町七一
電話 編集部(〇三)三二六六－五四四〇
読者係(〇三)三二六六－五一一一
http://www.shinchosha.co.jp

価格はカバーに表示してあります。

乱丁・落丁本は、ご面倒ですが小社読者係宛ご送付ください。送料小社負担にてお取替えいたします。

印刷・大日本印刷株式会社　製本・株式会社大進堂

ISBN978-4-10-103624-3 C0195